娥眉月

燕溓 著

敦煌文艺出版社

图书在版编目（ＣＩＰ）数据

娥眉月 / 燕滦著. -- 兰州 ： 敦煌文艺出版社，
2019.3（2021.8 重印）
ISBN 978-7-5468-1714-9

Ⅰ. ①娥… Ⅱ. ①燕… Ⅲ. ①散文集－中国－当代
Ⅳ. ①I 267

中国版本图书馆CIP数据核字（2019）第 048914 号

娥眉月

燕滦 著

责任编辑：赵　静
封面设计：孟孜铭

敦煌文艺出版社出版、发行
地址：（730030）兰州市城关区读者大道 568 号
邮箱：dunhuangwenyi1958@163.com
0931－8152172（编辑部）
0931－8773112　0931－8773235（发行部）

北京一鑫印务有限责任公司印刷
开本　880 毫米×1230 毫米　1/32　印张 9　插页 3　字数 200 千
2019 年 4 月第 1 版　2021 年 8 月第 2 次印刷
印数　5 001～7 000

ISBN 978-7-5468-1714-9
定价：49.00 元

才情、厚重与诗质美

石 英

如今写散文的人可谓多矣！我有时在想：与 20 世纪 60 年代时兴杨（朔）式散文的时候，与 20 世纪 80 年代初我在天津编《散文》月刊的时候，与 20 世纪 90 年代我在北京《人民日报》"大地"副刊工作的时候相比，如今从事散文写作的人真不知要多上百倍、千倍、万倍。这话实在不是夸张，说不定还是我孤陋寡闻、估计不足哩。

爱好散文的多，尤其是从事散文写作的多，当然是好事，大好事。因为一般说来，多总比少好；散文的数量虽然铺天盖地，腾起的耀目浪花却不多；"还看得过去"的甚多，而有特色、值得称道者少。我觉得这确是事实，从一般规律上讲也说得过去，但时间长了，总不是值得庆幸的现象。

然而最近，可能我有意将眼界放宽了些，读到了一定数量的不一般化的散文作品，心情不禁为之一舒。特别是当我读了河北迁安王树久的一些散文之后，感奋之下实在不能不说说我的心里话了。

首先，是他散文中非同寻常的情致。过去就有人说过：散文其实就是情文。我觉得这种概括不能说不对，却也不必言其为惊人的发现。因为，散文嘛，焉能无情？但我从王树久的散文中读出了不是一般的情味，而是一种不折不扣的"才情"。也就是说，这种情是发自于生命本质的东西，是与作者的生活积累、文化底蕴、人生体验乃至对大自然万物的感应相亲、相触、呼之而出的素质。我读他的散文，最突出的感觉应属此点，也是有别于一般化的散文最鲜明之处。他的这种才情贯穿于各个篇章的始终，至少在他的某些具有代表性的作品中体现得最为得力。例如《牧鹅之歌》，自初唐七龄童骆宾王的"鹅鹅鹅"到今日"我要为你歌唱"，历千数百年的白羽情歌而不息，串起诗的清嫩，梦的幻觉，路的洁云，爱的纯度，声的春意，情的呼唤，笑的应声，美的谐和。作者以鹅为触发点，驰骋着充满才情的想象，达到了美的极致，从而突破了一般叙述的平俗与意象的局限，以相对少许的篇幅实现了多许的内涵。又如《花鸟朝雁》，同样是展施想象，纵横笔墨，将历史、今天、鸿雁、翠鸟、花树、人踪……十分自然地拉近、契合，将时间与空间毫不生涩地组接恰到好处，也在很大程度上避免了意象的单一化、时间与空间相互的距离。我虽然不能说这是散文写法上的完全独创，至少也是一种难度不小的尝试和实践。因为，假如作者的才力不够，驾驭不好，极易造成弄巧成拙的效果。但现在看来，他的努力是成功的。我希望他今后仍要坚持进行不同方面的有益探索。

　　由此，我又联想到古人在文论中提到的"气"。"文以气为主"。我上面论及树久同志的"才情"虽然与"气"并非完全是同一个概念，却也是有其内在联系的。树久的行文颇有一气贯通之感，能够使人读来很自如，很畅达，有气度，无疑是"气"胜也。此点应是他散文写作中的一大优势。

再者，我要说说作者散文内涵的丰厚。在上面我已涉及这个问题，但还想专门谈一下。譬如《银杏树，东方的圣者》便可为证。多少年来，我读过许多篇写银杏树的散文，对比之下，未有及得上此篇内涵丰厚者。它写与此树相关的历史沿革，久远而新颖：上溯至春秋时期齐国支援燕国为解山戎、孤竹侵扰之患，事后齐桓公、燕庄公和齐国管仲植银杏树为永久纪念。又历数此银杏树所在村庄马官营在抗日战争和1976年唐山大地震期间的传奇际遇。虽说有点神奇，但均有事实为据，不能不令人深思。而文章中间，又自然穿插我国历史上的文化名人屈原、王维、苏轼对银杏树的评骘与感怀。如此融文、史、哲于一体的篇章，其丰厚内涵使人所获良多。而当下某些散文作品往往失之于单薄而读之乏味。此类瘠瘦固为一弊，而另有某些散文表面看似丰腴，却又失之于累赘。作者似乎什么东西都想填塞进去，少选择，欠梳理，读起来往往有面目不清、意向不明之感。如此同样是一种乏味。

而树久同志在这方面则相当得宜。即使在他写亲情和其他情感的散文中，如《父亲的秋天》《母亲的背影》《夏至长吟》等篇，也看得出是尽量避免这类散文易走的俗套，而取其精、择其新，但精又不失其丰厚，新又不过于张扬。总之是要"分量"，而不只是要"数量"；要"丰厚"，而不重在表面上的丰硕。在这些相似的概念上，作者拿捏得是比较合宜的，而这正是最见水平之处。

最后，不能忽略作者在语言表达上的特色和功力。虽然以往我读树久同志的作品不算很多，但我断言他还是一个诗人。因为，他的散文语言中充溢着浓郁的诗质美。我为他人写评论一向忌讳大段引进当事者的原文，但现在却不能自已地要引用作者《清明雪祭》开篇的一段文字。这是因为言其"诗质美"，任我如何诠解，也不及他本人典型性的文句为证——"杜牧诗云：清明时节雨纷纷。而清明的雨却嬗变成清明的雪，纷纷扬扬，可谓是冷暖色调的变奏。仲春恣意飘雪，它于我的年岁却是没有记忆的，像是从莽莽荒芜中突出的奇葩。它是破例的新奇，是骤然的震撼。对照自然法则，有些倒行天意、逆施规律了。它于我心里多少增加了忧思愁绪、添了哀情伤韵"。

很显然，这诗意不是那种咿咿呀呀、扭捏作态的，而是深沉大气、复合多元的情韵的提炼。我们也见过有的散文作品中的诗意，难免或多或少有点造作，而树久同志则是从气质本体中或冲激或洇润而出的。它的诗意不是添加剂，而是一种行文的风格，所以应视为一种大美。

此外，他的散文语言中还不时可以见到古典诗词中"炼字""炼意"的结晶以及过去和现在都在沿用的"通感""借用""移情"等手法。如"两边站满了洋槐和柳树""桎梏在事先洗刷好的圆鼓鼓的瓶子里""常常心怀愧怍，向曾被我蹂躏过的蜻蜓致歉"等等。这无疑都强化了散文语言的表现力，使词语平添了一种别致的魅力与美感。

看来，只要是顺势而为用之适度，都会给自身的散文增以风采独具的色泽。

戊戌冬月于京城斗室

行走的美丽

汪兆骞

树久，算是我的乡党。他居住的刚崛起的新城迁安，向东南行几十里，便是我的原籍，"东临碣石"古城昌黎，连亘山水，乡音殊亲。熟稔后，我们叔侄相称，行色秋将晚，交情老更亲。

树久又是一位乡贤，广为学而坚其守，甘居小城，远离尘嚣，坚守传统文人的清高与儒雅，不落流俗，隐于市而显于行。在迁安经济飞速发展的当下，以自己的睿智、才情，在身边团结了一群志趣高远的文化人，形成了一个整体文化氛围，凝聚了一股地方精神文化力量，继承和发展了迁安文化根脉。他负责的作家协会，成为地方精神文化的标旗。

与树久相识亦晚。四年前，北京一个作家群落，赴迁安参加一个文体活动。我们乘坐的大巴，把两个多小时的行程，变成了整整一天的苦旅。抵达时，已舟车劳顿，疲惫不堪，而一直等候在那里的当地作家的耐心和热情，让我们极为感动。我被指定发言，谈相关文学问题。结束时，一个中年人站起来，仪表堂堂，双目炯炯，发表了几句极具自豪感与归属感的热情洋溢的欢迎词，其"不戚戚于贫贱，不汲汲于富贵"的文人风骨，令我们一行肃然起敬。由此，我认识了迁安作协主席王树久。

真正认识有过军旅生涯的树久，是与他多次接触，读过他大量的文学作品之后。在羁旅文学的行走中，他用大量的散文和诗歌，深入体察社会生活，精致描摹普通人的精神世界。

如他的散文《父亲的秋天》，写躬耕一生，到了耄耋之年的父亲"弓着身子站在菜园边，正痴痴地望着菜地"，而"心里的秋天却在田野"。《母亲的背影》则写母亲因长年辛苦劳作和背负，老年时已背如纤夫的弓形，却将阳光和月光背给子女。父母纯真的生命是忧伤而快乐的，表现出真正的"天地人生"。《清明雪祭》，写作者在弥天大雪中的清明，与四叔和二弟上坟祭祖之事。"别来如梦里，一想一氤氲。"坟里长眠着老实厚道、曾以慈爱温暖过家人的亲人。悼念，没有宏大的激情，有的只是平凡众生的最真诚的亲情，却蕴含着民族凝重的人伦精神。"人间痛伤别，此是长别处。"

他的作品还表达了对传统与现代、故土与城市、环保与发展等问题进行的犀利拷问和深刻思考，特别是他精妙地表现出普通人富有命运感的喜怒哀乐，让我们看到了他们的正直、善良、自尊、自强，看到了劳动者的坚韧、尚礼乐群的人性中熠熠夺目的光。

树久的散文诗特别追求生活和人性真实，无论写亲人还是自己，都绝不追求个人化的琐碎真实，而是在总体视野的观照下，反映个人经验与时代社会之间辩证关系的宏大社会主题和人们的精神风貌。他的《花鸟朝雁》《银杏树，东方的圣者》等，笔涉历史风物、传说故事，其征用史料、感性触摸，蕴含道统与传统，自有乾坤。

树久的散文为读者提供了一份真实而感性的档案，将他经历的感情记忆及精神经历复杂的气息，全部蕴藏于富有美学趣味的文字里，那是他生命的密码，包含了非个人化却极个性化的文学表达，既有情有趣，又有神气儿和大气，而具艺术魅力。

树久，又是一位诗人，诗名不显赫，但你若读他的长诗《娥眉月及左部遐想》，会发现他是一位匠心独运、别具个性的诗者。未读该诗之前，曾听过他别具韵味的背诵。一次出游，他诗兴大发，滔滔如歌、声情并茂地背诵了一首悠长的诗歌。因树久长期坚持阅读，腹中储存了大量古今中外诗文经典，能大段背诵，令人叹为观止。但这次他的双眼迷离，情感格外充沛，故事深深地打动了我们，朗诵到动情处，他竟有些哽咽，然后是长久的沉默。同行的人告诉我们，他背诵的是自己的长诗。

《娥眉月及左部遐想》，以一对恋人久和娥的相互倾诉，表现了他们真挚炽烈的爱情。长诗塑造了两个充满个人情感、理想、信念的抒情主人公形象，诗歌始终贯穿一种清纯明净的气息。诗如歌的行板，常把情感和思想推到远处，或拉到一个开阔的时空，使诗的意境突然大开，那种明朗俊逸的情调与讲究的节奏和韵律，结合得恰到好处。

爱，是一种文化，长诗《娥眉月及左部遐想》是关于个人命运的思考，关于生命及其意义的长诗，有超越现实与历史的内心渴望，有一种不羁的灵魂流宕其中，不仅抚慰了我们的情感，还为时代提供了精神镜像。

树久少喜读书，手披目视，口咏其言，必惟其义。稍长便有文学之梦。梦得池塘生春草，使其长阶登诗楼。纵横正有凌云笔，累汝千回带泪吟。诗文常见于报刊，弱冠之年，在当地已有文名。后入伍戍边，复员从政，笔耕不辍，时有佳作。但纵观树久创作，才力胜于功力，发挥多于积淀，倘若更注重立意的新颖、切入的别致和语言的打磨，相信他的创作会走向个性化的成熟。宋代《嘉泰普灯录》有两句表现佛家至高境界的偈语："千江有水千江月，万里无云万里天。"创作艰苦，前景却也无限广阔，相信树久会闯出属于自己的一片文学天地。这本书，只是序曲。

　　略陈管见，失当之评，离题之论，方家哂之可也。是为序。

戊戌冬至抱独斋

目　录

四季礼赞

娥 眉 月 *E MEI YUE*

银杏树，东方的圣者

水城之马官营，燕山南麓一个小小的村落。在这个默默无闻的村庄，生长着一株树龄久远，能使人深思和遐想的银杏树。

从水城经曼妙而独特的滦河祺光大桥向西偏北，我们驱车半个小时便到了马官营村委会。干净整洁宽敞的大院子里，一株粗壮、高耸的银杏树撑开了我们的视野。

此时，早春夕阳，浑圆而红大，凝重且庄严。正是，云飘飘渐渐赧颜，霞艳艳翩翩飞旋。

高大的银杏树还没有长出新叶片。树的根部隆起成山状，主干似灰暗的山崖。凸凸如丘丘，鼓起岁岁春秋的风霜；凹凹若壑壑，流荡年年冬夏的雨雪。枝干丛出，像石雕的臂膀举向天空，粗实有力、遒劲扭曲。树枝蓬蓬，凌乱得倔强，弹奏啾啾悦耳的鸟鸣；树梢密密，虬髯般柔韧，吹响瑟瑟安恬的风声。纷繁而不屈的树冠清晰地裸露出喜鹊的柴窝和鸽子的竹笼，喜鹊在喳喳地跳跃，鸽子在咕咕地盘旋。鹊叫如唱，说得吉祥；鸽鸣如歌，讲得平安。在万道霞光中，银杏树慈善庄重，显出一派喜悦、祥和的景象。

在赑屃形碑上刻有银杏树的简介，我们从中了解到：此银杏树高26.2米，周长7.6米，乃春秋时期齐桓公、燕庄公、管仲共同栽植，经河北省林业厅专家考证，已有2690多年的树龄。此树枝繁叶茂，白果累累，罕见至极，已被河北省列为重点文物保护单位。据史料记载，公元前663年，居住在边远地区的少数民族为抢夺男女、掠取财物，屡犯中原各国，特别是北方山戎等强悍、野性的少数民族多次侵略燕国。燕国被山戎糟蹋得民不聊生，百姓痛苦不堪。国贫民弱，燕庄公无奈，只有向齐国求援。齐国国君齐桓公为建立王道武功，树立霸主威信，巩固盟主地位，率大军攻打山戎。山戎兵败，逃往孤竹国。为消除动乱隐患，使北方得到长治久安，让百姓幸福安居，齐桓公决定跟踪追击，彻底消灭山戎、孤竹等少数民族。齐军平定了边境祸患后，准备回国。他们是春天出征的，此时已是冬天，草木都变了样。他们在山谷中行进，却迷失了方向。在齐桓公犹豫哀叹之时，谋臣管仲献计，选三匹当地老马，卸下笼头，解开缰绳，自行带路。大军跟随其后，终将齐军引出困境，化险为夷。齐军将凯旋之时，屯兵于灵山脚下，燕庄公送别。为了庆祝胜利，表达盟国之亲，并纪念识途老马，齐桓公、燕庄公和管仲亲植了银杏树三株，并将驻地命名为马官营。此村虽叫马官营，然而并无一户马姓人家。由于年代久远，三株银杏树仅此一株尚存，且健朗于世。

此树可谓是齐燕两国人的友谊之树。它曾芃芃于千年，蓁蓁于万代。它曾在齐桓公、燕庄公、管仲的胸中伟岸，如今亦在我们的眼前安然傲立。

这是一株挺拔而神奇的银杏树，从悠久历史的深处栉风沐雨、蹒跚走来，背负历史的沉默与呼喊，带着野蛮的灰烬和文明的星火，漫漫长路微笑而歌。我们被震撼了，被一种无法说清却综合了诸多心理的情愫所推动。我们要环抱、要抚摸、要谛听这株像菩萨化身一般慈悲的银杏树。它守着岁月的沧桑，年轮里印染历史的悲壮，它见证了我们跋山涉水、披荆斩棘的艰难行进以及不断的进步，乃至我们的民族统一和繁荣昌盛。

夕阳正红，晚霞尚好，黄昏暖人。

当我们的心中平添了几缕浅愁的刹那，一位精神矍铄的老者来到我们近前。通过交谈得知，老者叫李永明，今年九十岁，眼不花，耳不聋，身板硬朗。他说自己身体好，是得益于对这株银杏树的不离不弃，无论打雷下雨还是刮风飘雪，他都没有放弃过对此树的守护。树的气息和周围被净化的空气让人益寿延年。他把银杏叶和银杏果收集起来，送给本村的需要者和远方的需求者。永明老人有文化，还通历史。他让眼前的银杏树带领我们再次走向齐桓公，追溯历史上的"召陵之盟"。老人娓娓道来："齐桓公、燕庄公和管仲所植的三株银杏树是两雄一雌，齐燕二公植下两雄，管仲却选择了雌株。而存活至今，且硕大茁壮的就是当年的雌株。"管仲不愧是"为法家先驱""圣人之师""华夏第一相""华夏文明的保护者"。此树，干可证，枝为鉴。雌为母啊！它给一代代后人带来恩泽和益处，一代代后人也对它景仰和爱护。后人尊它为菩萨，其实此树长了一千三百年后，到了唐朝，佛教才开始盛行，人们才敬拜菩萨，而从唐朝到现在，我们也拜了一千三百多年的菩萨。从银杏树向西四五里处，是五峰山，也叫灵山。相传灵山乃女娲娘娘炼五色卵石以补青天的地方，炼石补天时，其变幻绝妙的手影，形成了美丽的五座山峰。灵山下有一座白塔寺，为唐太宗御建，现在香火还旺。寺内有一座高大的白塔，塔内有圣泉四季翻涌，冬温夏爽，清凉甘美。泉水滋养着银杏树，银杏树的药力和气味逆流而上，散播给四周，泉水有了药性，温肺理气，止咳通便，成了治病养生的大善之水。

我问老人，此树和"召陵之盟"有何牵连？老人看着树说："齐桓公北击山戎、平定孤竹后，心里是装着银杏树离开了燕国，去南伐楚国的。齐楚两国的对峙，是齐桓公和楚成王的较量，是谋臣管仲与屈完的心智比拼。也是北方的银杏树，用勃勃生机呼唤南国筑起中国最早的长城、垒砌了赫赫有名的春秋楚方城，展示了宽广胸怀与博大智慧的结盟。"这一树一城，同生华夏，让齐桓公打出"尊王攘夷"的旗号，才有了齐楚两国"召陵之盟"的和平安好。

老人遥望向北边的燕山说："这株银杏树比燕长城大三百多岁，比明长城大两千多岁呢！"

我瞬间受到启发，产生了诸多思考。郭沫若先生在《银杏》中赞美银杏树是东方的圣者，是中国人文有生命的纪念塔，是随中国文化与生俱来的亘古证人。说到东方圣者，我们想到老子、孔子和六祖慧能。当眼前这株树一百多岁时，老子方问道，孔子才治学。此树生长了一千多年后，六祖终于出世顿悟。此树是春秋与战国文化的开端之树，诸子就像银杏树叶春天的翠绿，而百家恰如银杏树叶秋天的金黄。翠绿将探索和追寻，金黄会容纳与继承。《道德经》《论语》《坛经》都是银杏树一片片金灿灿的扇形叶片，连中国历史上第一位伟大的爱国诗人屈原的《离骚》也是一枚飘零的惆怅。无须溯本求源，这株春秋时期植下的银杏树，已包含着并见证了自齐桓公和管子以来的思想经典和文化瑰宝，更涵盖了楚辞、汉赋、唐诗、宋词、元曲和明清小说这些炎黄子孙精神家园的芬芳奇葩，同时也包括我们现代人的文明与科学。

从唐朝王维的《文杏馆》看到："文杏裁为梁，香茅结为宇。不知栋里云，去作人间雨。"诗情超凡，禅意花开。我们可将银杏树拜为菩萨。

北宋苏轼的一副对联："四壁峰山，满木清秀如画；一树擎天，圈圈点点文章。"表明东坡学士对银杏树的敬慕，把银杏果看作精妙文章。我们也可以把银杏树敬为授业解惑的师者。

永明老人回答同伴问题的声音在耳旁响起："抗日八年，日寇对马官营等村庄进行了无数次扫荡，唯独马官营一次次幸免于鬼子的烧杀掠抢。当地人便认为是银杏树保护了大家，还认定银杏树是一位骑白马、挎银枪的女将军。"老人望着西边灰暗的天际，补充说："1976 年唐山大地震，马官营安然无恙。这些传说又可以让我们尊银杏树为保护神。"

　　不知不觉中，落日隐去了许久。银杏树在村庄的上空挑起一弯新月。当我们和永明老人告别的时候，心里已植下这株古老而伟大的银杏树。归途，我们都沐浴在皎洁的月色中。我一直在想着、崇敬着这东方的圣者。

水城之春

春 风

当我们置身于水城，徜徉在春天的时候，风早已开始了欢唱：

我是风，我来了。用万万年时光隆起，而后斫削、打磨的燕山山脉，用千千岁光阴开掘、疏浚的滦河河流，都被写进了书法大观园。滦河波涛的一撇，燕山巍峨的一捺，构成了秦篆书刻的"人"字呢。稳固、遒劲、苍润、沉雄。弓腰负重，背负起磊磊长城赋予的重任。

滦河是水城的母亲河。蜿蜒起伏，奔涌豪迈，八百公里红尘浩荡。

我是风，我见证，她哺育了黄台湖大家闺秀般的宽阔与壮丽。悠悠白鹭吞飘飘白云而吐冉冉红霞。

我是风，我跟随，她养育了三里河小家碧玉般的修长与秀美。佼佼银燕衔晶晶浪花而逐软软绿柳。

澄澈的青龙河与浑厚的沙河于水城东西各值守一方流域，灌溉良田和绿茵，载着土地与岁月随梦想翻腾，同信念前行。

柳树曼舞轻歌，水城的东经：徐流口城楼的晨曦漫步成山叶口彩石的晚霞。

燕子呢喃私语，水城的北纬：五重安北斗七星的寄托传递给沙河驿月如水的遥想。

我是风，我来了。轻柔的步态，放歌的身姿。相约水城，演奏起婉转悠扬的乐曲。

你是水，安静地守候，腼腆地善行。铺开的潋滟酡红了早霞，漾动的涟漪银白了月色。

我们相逢一笑，便是风生水起的波澜。我们结伴为盟，便有了祸伏福倚的脉象和走势。

我鼓舞水，我吹拂云，我紧紧围绕着云水之间的轮回转换。

我是风，我来了。温润的脸颊，强劲的动感。驻足水城，抒发诗词的情思韵致。

你是春，不经意地变换，突发的绚丽。

千言诗赋不能写尽你的情致，万语词曲也不能写实你的心潮。大师桑德罗·波提切利的名画《春》，更不能写真你的容光与神采，仅让维纳斯及众女神来表达了万紫千红的芃芃春意。

此时，我们是怀有菩提心的春风。我们绿了岸，蓝了江，暖了鸭，剪了柳。

我们首先说服自己，冲出黑夜的藩篱，和晨曦中的烟霞一起，怒放出冷艳如雪的梨白。

我们又游说红杏，掩不住沉沉的羞涩和郁郁的情丝，翻越了分隔秋千与行人的高墙，多情得有些茕茕然，却让子子的孤傲引来众多的无情破颜一笑，顿染红粉。

我是风，我来了。扬扬心怀，欣欣神情。我牵手燕子，在水城轻盈地飞旋，裁了新柳，青了千家万户，翠了大街小巷，绿了山峦、河岸、田间、旷野。

蔚蓝下，无须张帆，可观看到广袤的水城像绵软洁白的云朵，婀娜出怀旧、舒展、畅谈的容颜。

碧波中，不必行船，也能欣赏万顷的水城如俊逸清馨的荷花，散溢清婉的梵音、和煦的善念、质朴的心愿。

柳堤上，水城芊芊绿。一点、一簇，深绿浅青，相呼互唤。

点点，如诗入画。诗意曼妙真切，画风隽永，重在憧憬。簇簇，成词为景。词趣风雅豪放，景致悠然，却是礼赞。

静，浮如绿岛；动，拂若翠瀑。

我是风，我来了。当蝴蝶、蜜蜂、蜻蜓和小虫们选举燕子为春天的使者时，我宣布柔润如水的柳树将成为水城的生命之树。

柳树，声之柔柔、音之甜甜、言之凿凿，表明自己的宗族于水城无处不在。翠绿尽染了一线水天，情之深深；柔媚倾洒在三春水城，心之暖暖。

燕子喳喳复叽叽，播报水城的讯息，讲述春天的美丽。

我和柳树、燕子在隐形和显像中，成为水城之春的乐歌。

春 雨

雨是天与地缠绵悱恻的一场恋情。雨如花蕾释艳，细似花蕊，粗若花瓣。

雨是云的另一张滋润的脸庞，另一番湿漉漉的话语，另一首激情的歌曲，另一种飘洒的舞蹈。

雨是云的长矛直刺，亦是云的长绢飞舞。

云是天的注解，雨是天的解答。云影轻抚着地，雨滴紧拥着地。

云和雨如影随形，对于水城，一个说关爱，一个讲关注。水城的春天云影飘飘，雨滴荡荡。

云影和雨滴成为水城柳树的伙伴，燕子的同窗。柳树又掀起微波，燕子也衔来霞光。

后来啊，唐朝的雨，宋朝的雨也穿越诗歌来到水城飘飘洒洒，或吟哦，或诵读：

从"渭城朝雨浥轻尘，客舍青青柳色新"到"春雨断桥人不渡，小舟撑出柳荫来"。

又从"夜来风雨声，花落知多少"到"小楼一夜听春雨，深巷明朝卖杏花"。

再从"细雨湿衣看不见，闲花落地听无声"到"海棠不惜胭脂色，独立蒙蒙细雨中"。

还有"好雨知时节，当春乃发生"到"土膏欲动雨频催，万草千花一饷开"。

雨带来了花红柳绿，枝繁叶茂，生机弥漫。

雨在水帘上画着烟霞，在丝丝缕缕里写着誓言，在柔婉中哼着歌曲，在淅淅沥沥中讲着故事。

晌午的水城，雨中的一幕：在一个人潮熙熙，车流攘攘的十字路口，红绿灯出了故障。一个执勤的岗台上，一名交警在风雨中一丝不苟地指挥着四面的车行人动。瞬间，两个穿着校服的女中学生和交警站成了无声而感人的画面：一个女孩为交警擎起了一柄蓝色的伞，另一个女孩也为擎伞的女孩和自己举起了一把花伞。雨滴飘洒到交警凝重而庄严的脸上，仿佛扬起的是一缕缕温润的笑容。雨滴飘洒在两个女孩笑吟吟的脸上，那是春天盛开的两朵最美丽的带露的鲜花。

在水城，春雨中，爱心和春花一同绽放。

春雨犹如莹莹亮亮的春花。其情，灿灿；其意，灼灼。

春　花

水城在春天，妩媚成绚烂多彩的花城。

各种鲜花次第盛开，不同的花色异彩纷呈。花，于春是花仙、花妖、花神，在水城，却是来安居乐业的。

我们种花、栽花、养花、育花，花也在我们的心田，栽种出百媚千娇万般艳丽，养育了我们对美好事物、生活和理想的热爱、向往与渴求。花和我们与水城的春天一起载歌载舞，美艳家园，开创未来。

花开是给予我们的一种温情而又浪漫的问候，是一次次色彩与芬芳共同孕育的此起彼伏的感动。

百花争艳是群芳的一种积极乐观、香香馥馥的态度，是一个个鲜活的生命为歌颂春天安静地靓装出演。

春是花的故乡，水城是花的家园。

水城同滦河一起跳动着乌兰布统大草原的脉搏，滦河的气势得益于水城龙山的神威助阵。龙山，是一条龙盘卧于滦河南岸的山峦。龙首横衔滦河之水，龙须连接两座大桥，龙躯指引大路延伸。

整个龙山已是青青绿绿，略有红的、粉的、黄的、白的、紫的各色山花点缀描摹，为龙山的威武添了活跃柔和的光泽。与龙山并驾齐驱的燕山大路，南端是水城的南大门，也是迎宾的门户和大道。娇艳的迎春花和丰盈的樱花带着无限的热情夹道簇簇笑立，直到与燕山大桥的只只玉腕相挽相携。

桥是水城不会枯萎、不会凋落的花，闪耀着日、月、星和霓虹灯的光芒。

大桥，是宏伟壮观的花束；小桥，是精巧别致的花朵。桥是水城用钢筋、水泥、玉石筑起的璀璨之花，是水城用勤劳、智慧、理想铸造的希望之花，是水城用爱心、信念、责任架构的幸福之花。

燕山大桥像盛大的牡丹花开，让走进者洋溢着自豪与骄傲，滋生尊重与热忱。

第三通道大桥是瓷白泛青的槐花，让过往者感慨其俊、喜悦其行、陶醉其香、惬意其境。

钢城大桥川流不息、热热闹闹，成为情人节里红玫瑰、白玫瑰表达的爱意。凝重不失柔媚，艳绝不乏温情。

船是移动的桥、行走的花、漫步的美、游览的情。

"钢城号"游船是执剑的花，谦谦，似君子兰。

"黄台湖号"游艇是飞舞的花，婷婷，若水仙花。

斜拉索桥是开放正妍的榆叶梅，纯粹而卓荦、红彤且踔厉，非凡的内涵和独特的魅力，打动眼眸，拨动心弦。

祺光大桥绮丽宛若海棠，温和趋向愉悦，欢喜显现吉祥。

马兰庄大桥是水城在滦河上游最北端的桥梁。滦水清湛，水波荡漾着燕山城楼的倒影，桥体在水光中映出了白玉兰躬身濯足纯洁的倩影。

小木船在岸边一侧守望着芬芳，似一朵无名细碎的小花守候着自己淡淡的香。

一座座大桥连着一条条道路，一条条道路又接着一座座小桥。桥桥成花，相衔成花团锦簇，路路为叶，相通了花圃园林。

岚山的苹果花，成山的梨花，山叶口的核桃花，塔寺峪的栗花，挂云山的柿子花，红峪口的枣花，白羊峪的桃花，河流口的杏花，徐流口的山楂花，可谓群芳竞香，百花争妍，姹紫嫣红。

还有水城人七十六万朵漫山遍野的心花，荟萃锦绣。水城已成为花簇拥着水、水漂荡着花、无处不芳香、无处不飞扬的花城。

春 草

茵茵绿草坦荡宽广，或凸作丘，或凹成谷。平地的舒展，坡度的舒缓。其间，单棵的垂柳伟岸孤傲，成排的梧桐站成队列端正挺拔。观赏的人，眼底心间漫过一派疏放又仿佛被梳妆过的绿意。一首小草的合唱在耳边和心里悄然响起，热切的暖流从胸膛里泛起遍布全身，翻滚着绿莹莹的心愿和希望，一半撒向草尖凝结露珠，一半飞向天空化作云彩。

春是一年的晨，晨是一天的春。

水城的春是用宁静的墨、温馨的笔描画的绚烂色彩和缤纷感触倾心赞美的晨。

水城的晨是清越恬淡的笛音与激越宽广的琴声，演奏的片片行云、潺潺流水、绵绵花开、啾啾鸟鸣倾情歌颂的春。

水城的晨光里，草地嫩绿得有些夸张，顽强的血流和自豪的露珠让小草的生命焕发出青春的气息。

草色与山色相连相通，印记了一个家族相同的血色和共同的荣耀。

草色和湖光互相映衬着蝾首蛾眉的柔婉和温文尔雅的倾谈，互相浸润着水草间的承诺、依恋、牵挂和相守。

草之巧笑倩兮，湖之美目盼兮！

水城的春晨，绰绰乎，清清盈盈、青青艳艳。清莹温婉娉娟，满园芳菲盎然，山岚柳烟氤氲，蝶舞蜂飞翩跹。

草色、湖光、山色将水城十九个不同区域的春色，拼接成一个个浓妆淡抹总相宜、琴棋书画皆熟稔的靓丽淑女的图画，有的沉思，有的遐想，有的刺绣，有的书写。

城区里的云形、龙形绿化带，人民广场、文化广场恍若盛唐女子插的玉簪，悬的玉佩，束的秋兰，结的香草。

清晨的天籁之音似幼儿的轻笑与微鼾，晨曲分蘖出新芽的旋律。

晨练的亦如百花吐艳，步行者有快有慢，练拳者亦迅亦缓，跳舞者有起有落，发声者亦高亦低，文武者一张一弛。

几位白发老者款款从花径而出，边走边谈，兼俯身捡拾垃圾入箱。

一群垂髫顽童在小型广场为球的飞舞追逐雀跃。当球落入草坪时，欢呼暂停，只许一个人小心取回。

老者投去赞许的目光。一位文质彬彬的奶奶走向孩子们："宝宝们，有谁知道咱们水城有多少绿化带和公园呢？"

一个孩子停住喘息大声抢答："奶奶，我知道，七十七个。"

奶奶夸赞说："真聪明。你是怎么知道的？"

孩子自豪地用手一指说："牌子上写着，爸爸妈妈给我读过。我也去过好多公园呀。"

奶奶无声，和蔼地笑着，示意孩子们继续玩。

七十七个大大小小、风景有别、风格迥异的绿化带、公园，像珍珠、翡翠、玛瑙、钻石一般在水城之春晶莹剔透，闪烁光芒。

五十一个省级美丽乡村示范村已有十五个村庄创建达标。在这少女般的花季，十五个美丽乡村如盛开的牡丹牵动着其他魅力村庄像玫瑰一样怒放。它们是水城的春天，水城的朝阳，催促万物复苏、萌发、茁壮。

水城五百三十四个自然村的花枝已含苞待放，在芬芳烂漫的时节，定会唱响五百三十四首歌在花丛盘旋、于水城飞翔。

水城的春天，春天的花城。春风春雨风调雨顺，春花春草花艳草鲜。

在水城的春天里，山是青的，水是绿的，天是蓝的，云是白的，花是香的，草是嫩的，风是柔的，雨是细的。而我们的心是祥和的，爱是真挚的，情是澄澈的，谊是温暖的。水城之春，快乐而曼妙，幸福且美好！

清明雪祭

清明前夜，落下了一场气势略显磅礴的雪。

杜牧诗云："清明时节雨纷纷。"而清明的雨却嬗变成清明的雪，纷纷扬扬，可谓是冷暖色调的变奏。仲春恣意飘雪，它于我的年岁却是没有记忆的，像是从莽莽荒芜中突生的奇葩。它是破例的新奇，是骤然的震撼。对照自然法则，有些倒行天意、逆施规律了。它于我的心里多少增了忧思愁绪，添了哀情伤韵。

我没有观赏到清明前夜这场悲情浓重的雪舞，又怎么能知晓它隆重的冷艳纷飞呢？

清明早起，天色灰暗，铁云凝滞。

我和四叔、二弟树升回老家上坟祭祖。道路上已没有雪迹，只空留湿痕，而沿途深沉的松绿和老成的柏翠依然被皑皑白雪覆盖，犹如身披缟素，透着苍凉的肃穆和凄婉的哀矜。

道路与河岸的两侧，柳树刚刚长出的新叶低垂着幼稚的容颜，神情黯然，不情愿让雪花成为膏状，厚厚地涂抹。而这新叶绿和新雪白不合时宜的相逢，却拧巴出一种别样的娇艳，扭结成一种分外的妖娆。

大地凹凸着一片片绵绵的洁白，滦河由西北向东南或奔涌或平缓悠悠向前，把白茫茫的田野弯弯曲曲地豁开，冲出一条白晃晃、波浪翻滚的流水，似银亮柔软的缎子裁成的或宽或窄的飘带。它挥舞着柔婉，在缠绵中跃进。

目光逆流追逐水波，被岸边渐渐茂密的杨树林吸引。树冠仿佛罩着白纱，绿嫩嫩的春叶，托着、举着、悬着、挂着白花花的春雪，彼此忱忱地互诉着心愿。

树升开车，放开音乐，《大悲咒》的旋律为渗透了外面的清寂凄冷的车内注入了祥和。暖了心窝窝，目光伸展有了仰望，燕山与长城在灰白与蓝白之间调和着雪地与云天的色泽。

四叔年逾七旬，身板健朗，也曾在部队十几年，做政工工作，修得性情坦直，练就心情豁亮，面对春晨雪景，不禁感叹："苍苍之天，茫茫之地，何以胸襟念故人？是清明感召，是人心感怀。"

老家的坟茔地在村东的东山足前，三抚路北侧。我们到达时，五叔和树新、树春、树民几位哥哥在等候着，弟弟大鹏和洋洋、文明、海洋几个侄儿正忙活着。点香，解冥币，准备烧纸，燃放鞭炮，冷清的墓地有了生气。爷爷和奶奶的坟居中，左前方是三叔三婶的坟，右前方是二叔二婶的坟，爷爷奶奶的坟后面是老太爷老太奶的坟，几座坟墓像一个倒立的"丫"字。

敬重、祝祷的话语和燃起的火焰升着、腾着，与扬起的纸灰一起飞着、旋着。我们认定逝去的长者的灵魂在天堂。缅怀的心情正融入黑白灰烬里，相信会传递给九泉之下的长眠者。经过一番虔敬而热切的祭扫，香、火、纸和声响已归于沉寂，犹如眼前寂静无声的雪。突然觉得这场雪是来自天上，去往地下，是顺路给人间传个信。是过程，也像过客。只是用纷纷扬扬的姿态，白净的面容，静静铺展的心境，在春天特殊的节气里给人们一声素洁的问候，典雅而不失礼节地打个招呼。我们恰逢春意盎然与冷冷雪花的交汇，感受天地以百花的爱心和名义培育出万顷雪花来凭吊逝者的壮举豪情。

壮举冷冷兮，覆遮春山；豪情漠漠兮，掩蔽春花。

爷爷在此已安歇了十二个春天。而爷爷是长寿的，活到九十八岁，加上天的一岁、地的一岁，整整百岁。想爷爷一生百年，印象是朴素平淡。爷爷对烟淡淡，于酒淡淡，凡事不为过。爷爷的一辈子恬然安静，近乎无欲无求。四叔跟大家说起了爷爷在世时的往事："你奶没得早，我很小就到地里干农活，常帮着嫂子们烧火、做饭、拾柴火，日子过得很苦。从小到大，你爷没给我买过一次好吃的东西。你爷九十岁时，我笑着说他忒抠门，你爷也笑着说：'若给你买了，一家老小的日子就更难了。'我从此明白了你爷的心思。那年月根本没有钱，就连买一小块点心的钱也不容易挣到啊。"四叔说完，眼里噙着泪水。

三叔五十八岁因疾而终，已在此躺了二十六年。三叔从小就过继给另一个爷爷，中年患病成了跛脚，后来得拄拐行走，不能进行田间劳作。我参军的那年秋天，因为报名的人多，民兵连长让我们以抓阄的方式决定初选者的走与留，入选者方可去镇上体检。三叔那年是在大队部"看家"的，当时他靠墙斜坐在炕沿，目光火热，是鼓励，也是祈盼。我抓的阄吉祥如意。我军校毕业后，三叔去了唐山古冶区一个学校当临时工，那时村里的王得禄二叔是学校的书记，成了三叔的奔向。三叔的日常工作是打扫院子、收拾花草、看传达室，三婶也跟三叔去了，帮着忙活。一年冬天，我为赶火车去了古冶，晚上三叔三婶给我包了水饺，热气腾腾的饺子暖着我的心。后来的岁月里，每当遇到寒冷，想起那顿饺子，心里还是热乎乎、暖融融的。三叔比二叔小两岁。

二叔入土为安才四十四天，享年八十六岁。每当人们说起勤劳和朴实，我就想到二叔，他可以为这两个敦实的词语代言。二叔年轻时在沈阳做工人，三年困难时期回家乡务农，从此成了地地道道的庄稼汉。二叔很少说话，微笑多于话语。记得我上小学时，一次放寒假，和孩子们玩得有些疯，闹得忘形，撞到二叔怀里，二叔正色道："就知道闹，长大怎能有出息！"我竟敢回嘴抢白："你不闹也没出息，照样下庄稼地。"二叔无语，却笑了。

那一刻，我觉得自己长大了。后来想，那一瞬，成为我成长岁月的一块界石和生命前行的一个标志。

一个烈日炎炎的夏日晌午，我回镇上学校上学，在二叔家大门口正碰上二叔。二叔没说话，却把我摔进屋里，从板柜里端出一瓦盔子炸过的白薯干，用草纸包好，塞入我的书包，又把我推出大门口说："快上学去吧。"我是倒退着默默地和二叔告别的，这个情景像一粒种子在我心里扎了根，并长成一棵树，伟岸茂盛。在那个饥饿的年代，青黄不接，松软的白薯干对我这么一个瘦削的少年来说是多么的珍贵啊！二叔直接的给予，表明一个长辈对晚辈是何等的惦念、爱惜和期望啊！从那以后，我懂得了尊重长辈。

二叔生前患有严重的静脉曲张，最后十年又得了帕金森综合征，行动十分不便，就是在炕上躺着、卧着，手脚也抖个不停，痛苦不堪。二婶和树民嫂共同照顾二叔。三年前的晚秋，二婶喘着收拾好地里的庄稼，静静地离开了二叔。二婶将永远地告别老屋走向另一世界的时候，二叔跪在炕上，一只手扶着窗台，另一只手在玻璃窗口慢慢地挥着，向准备入殓的二婶告别。二叔的眼睛不大，却用力睁着，眼泪扑簌簌地涌出。我们见状，受到哀痛沉重的感染和爆发的冲击，一起放声大哭。我的父亲，我的母亲，一个倚门，一个拄杖，洒泪衣襟。我们进屋，把二叔抬到棺前，和二婶再见一面。在二叔悲切的泪流中，我们合上了棺盖。这是我唯一一次见到二叔流泪，我常常看到的是二叔的微笑，憨直的微笑。

五叔环顾坟茔说："二哥啊，正月初八，你早饭没吃到一半怎么就走了呢？是想二嫂子了？还是惦着咱爹妈呢？"四叔仿佛自言自语："肯定想啊，能不惦着吗？正月初八是谷子的生日呢，也是顺星节。二哥辛苦勤劳一辈子，是给谷子的生日祝贺去了，也为大家的生活风调雨顺，早早地去接福星啦！"

一阵风过，吹醒了我的信念：长辈们，无论活着的，还是活在我们心中的，一生都是实实在在做人，勤勤恳恳做事。我们晚辈当自勉，和长辈一样实在为人，勤恳做事。我们的小辈们在看着我们的样子茁壮地成长呢!

春天里花开花落。花开时，满眼的鲜艳蔓延灿烂，我们满心欢喜；花落时，忡忡花心，憧憧花影，我们赏花的心径蜿蜒着惆怅、起伏着感叹。可花仙子们毕竟在春天，在我们期待的岁月里妩媚得明艳、婀娜而靓丽，并在我们希冀的生活中弥漫芳香。莞尔一笑：足矣。

人如花，人生如花开，充满爱的生命，怒放出质朴的、芬芳的真、善、美的花朵。

这场春雪，亦如花开，急急绽放，匆匆凋落。我们领略它的洁白与神圣，选择清明时节跪于天地之间对故人深情祭拜，片片雪花化作滴滴泪水，感慨似雪中酿出的新芽，绿化了生命簇新的希望，飞翔的喜鹊的喳喳声让我们破涕为笑。

太阳已跃出云层，天空不断开阔蔚蓝，雪地上闪烁的光芒和我们的欢笑，一边奏乐，一边歌唱。

牧鹅之歌

鹅之诗

初唐的春风，浩荡而温婉。鸭头绿春水，鹦嘴红春山，红绿了江南义乌小镇。

骆宾王，踱着七岁的步履，踉跄儒雅，蹀躞聪慧，飘逸牧童的俊朗。

少年的豪情与才情并擎，喊出了"鹅鹅鹅"的翩跹诗句。

一只只白鹅，学着一枝枝洁白的花朵样，盛装在千家万户的庭院及村庄的河畔。

一首简明、古朴、悠扬、欢愉的歌，"曲项向天歌"，在耳边回旋，于心底起落。

经过唐宋元明清的歌咏唱读，历时一千七百年的吟哦传诵。

一群白鹅，在水城的田野，与秋水争渡；一片鹅白，于长城的乡村，和落霞唱晚。

鹅之梦

又一个姹紫嫣红的春天，明媚的阳光开阔出北方的湛蓝，娇柔的月色舞一泓碧水，浣洗着杨团堡村落的如纱梦幻。

月华玒瑢，溪水潺潺。

马印明，一个放牧人，小草一样普通的名字，和更多村落的普通人栽植了"正农鹅养殖合作社"葱郁丰美的林木。

他牧鹅十万羽，也像一只足踏清波手拍云浪的领头鹅，被称为"鹅王"。

一颗纯粹的心像露珠莹亮了太阳的容颜，珍藏着月亮的情怀。

立志向青衿问学，虚怀若谷。躬身跟布衣致勤，脚踏实地。

让爱暖暖地筑起心与心的桥梁，擘画出"正农鹅业"广阔而无疆的愿景。

鹅之路

"正农鹅业"，朴素是外在，自然是气度，健康是状态，发展是趋势，美好是未来，仿佛超越了行业的概念。

幼鹅柔润的绒毛有如嫩黄的柳芽，又如浅淡的迎春花蕊。

池塘的碧波漾动素洁的羽毛，潺潺溪流映着姁姁鹅姿。

鹅场内，花与草鲜妍，水同天蔚蓝，鹅和云畅游。

一群鹅，是一片云，飞越燕山，飞渡滦河，飞向万水千山。

鹅之爱

小滕，"正农鹅业"的一名女员工，有着青藤一般的韧劲与执着，对鹅的呵护和眷顾，是爱的藤蔓在滋生、蔓延、缠绕、牢固。

心里时刻记着：养育雏鹅像养育婴儿一样，要精心、细心、耐心。温度是左翼，湿度为右翼，控制调节好两翼，一定要小心翼翼。

羽绒般细密而柔软的心思和绵绵情意，让鹅蛋变为新鹅，小鹅长成大鹅，完成了一次优质的孵化成长过程。

一次次细致而负有责任的过程，让美丽的白鹅像小草一样簇拥着"正农鹅业"这棵伟岸而参天的大树。

鹅之声

白杨垂柳下的小鹅呼唤绿叶飘悠，叫声像春天的鸟声喳喳。

河岸塘坝旁的大鹅等候鱼儿漂游，鸣声和夏日的蝉声吱吱。

山坡草地上的鹅阵结长队或方队观赏橙黄、紫红、绿蓝的风景，秋风飒飒伴虫声唧唧。

房舍料场外的鹅群与千千万万的雪花翩舞，一片洁白迎着片片雪白，增添冬天韵致，听雪声簌簌。

鹅之情

小松，一张黧黑的面庞洋溢着热情与信心，一副眼镜透着智慧与温和的目光。

恰似一棵挺拔的小松树，迎风傲雪，豁达坚强。

他是合作社一员，马印明的伙伴和助手，一个质朴的养鹅人。

他用眼睛去发现凤眼蓝和欧洲菊苣的蓬勃和美丽，他精心安排水葫芦和咖啡草给白鹅当美味佳肴。

你如果仔细观察，会恍然发觉，凤眼蓝和水葫芦是一种植物的两个名称，欧洲菊苣和咖啡草也是一样。

让一只、三五只，或更多的白鹅，在绿茵茵的黑麦草上，一边嬉戏一边觅食，一边载歌一边载舞。

鹅之笑

水燕是一个快乐女孩，她的笑如清泉一样甜美，潺潺间绯红了云朵，浅浅里响起了鹅歌，涓涓中晶晶了月色。

她喜欢唱"正农鹅业"自己的歌："我要为你歌唱。"无论走到哪里，总会歌声嘹亮。

不仅采集鹅业信息，发布企业近况和成果，还要迎来送往天南地北的客户，和大家熟悉得似一家人。

有人说，鹅是雁，是鸿雁。水燕也是鹅，是俊俏的鹅，美丽的雁。水燕的歌是鹅的歌，水燕的快乐就是鹅的笑声。

鹅之美

呼来一只叫"和"的白鹅，唤来一只叫"合"的白鹅，和合若琴瑟齐鸣，声翱翔，音飘荡。

柔风轻拂，细雨浸润，"和"捧康乃馨，绽放雪白，"合"系百合花，怒放梨白。

月色中，一支云白的鹅的霓裳羽衣舞悄然舒卷，或婀娜，或铿锵。

鹅是白毛浮绿水的和睦，鹅是红掌拨清波的和谐。

鹅的展翅祥和了一方荷塘，鹅的举头高洁了朵朵荷花。

鹅，是地里棉；鹅，是云在天；鹅，是水中莲。

"鹅鹅鹅"的歌，和"我要为你歌唱"的曲，已经澄澈为一条爱的溪流，流入牧鹅人心间，淌进千家万户里，漾洄万水千山中。

花鸟朝雁

唐王梦

贞观十九年（645）的秋天，金色的阳光染风浸水，红漫花叶。唐王东征高句丽率将士凯旋，晚霞时分，行至原孤竹领地的芦荻旷野，一排鸿雁凌空飞舞，雁鸣环绕燕语于长天放歌，雁影伴随云影逐秋水荡漾。

唐王停住坐骑，扶鞍仰天凝视，一声长啸，举弓搭箭欲射向雁群。此时，一条线的雁阵已随唐王的叹惋变成了人字队形，雁阵悠悠，娇柔、敏捷。只是声寂寂，却又心寄寄。白云过往中，朵朵都是牵挂。流水缓急里，处处皆生惆怅。

唐王剑眉紧锁，将箭放回箭囊，但还是猛然拉满弓弦，噔，一阵浑厚震颤的声音在空中扩散，激起一片雁鸣。鸣纷纷，叫怯怯，声乱乱。喜如歌，哀如乐，惊成喊，恐成嚷，悲像诗，怒像词。领头雁两串泪水落下，唐王顿生感悟，心念慈悲，泪泉淙淙。

他仿佛看见长孙皇后和爱妃们思念的花容，忧愁潮起，涨满心眉。

众雁悲鸣，离愁别绪让队形新生别样，构成一个"心"字，当空盘旋。落霞飞舞，映红雁羽。

唐王面色酡然，温情脉脉，目送雁群。众雁阵阵讴吟，不再远行，飞落在千丈外的一片泛黄湿地。

唐王离鞍下马，命将士筑营插旗，垒灶起炊。傍晚，腴月当空，银辉乍泄，唐王独骧来到雁栖处，见鸿雁引颈向天，翩翩起舞，月色中百花来簇，百鸟相拥。

唐王惊叹眼前的花鸟朝雁，弃马直奔雁中。雁影隐去，羽化成皇妃们，与唐王卿卿我我，缠绵悱恻，深忆春愁，痛叙秋思。一派王和妃的锦绣祥和，一番花与鸟的织锦唱和。

翌日清晨，彤阳唤醒唐王，营帐内只有晨曦侍候，没有了妃歌雁舞，消散了鸟语花香。

夜晚妃雁花鸟相聚同欢的景致，原来是唐王与将士醉酒当歌举杯欢愁后的通宵长梦。唐王感慨之余，命人铺宣备笔研墨，手书赐名。

射雁升烟的营地为上射雁田庄，雁落栖息的湿地为下射雁田庄。

唐王与将士离开后，百姓迁移此地。千年史迹，历尽沧桑。如今，上射雁田庄和下射雁田庄俱已变成了美丽富饶的田园乡村。

唢呐情

唐王的传奇一梦，无人知晓，可后人却将唐王凄婉的香梦当成传说千年传颂，并用唢呐吹奏花鸟朝雁，欢悦或哀矜地传唱。

唐王惊弓之雁的泪水，一眼化作一片垂杨柳，柔韧不舍爱意。一眼化作半亩绒花树，殷殷期盼合欢。

而今，营地早已变成上射雁庄村，简称上庄，并升级为乡。街巷秀丽，垂柳依依。湿地也已成为下射雁庄村，被称下庄。民风淳厚，绒花艳媚。

上庄乡有一位俊朗的后生，人称"唢呐王子"，艺传于祖上。唢呐响起，莺歌燕舞，花蕾绽放，翠叶柔润，小草轻歌，流水澄澈。

每当月上柳梢，后生依柔傍愁，尽心尽情，吹得人约黄昏，情侣缱绻，虫吟缠草，蜂蝶眠花，繁星闪烁，祥云追月。听者心自暖暖，情自舒舒，感之清清，乐之陶陶。

丙申点燃了祥瑞的烛火，照亮了绒花的美，升起了柳树的愁。唢呐的乐声跋山涉水，不辞辛劳，用无疆厚德，无言大爱，邀来花儿鸟儿，请来春燕鸿雁，一场记下乡愁——留住梦想的盛会隆重开幕。

一年连二十四个节气，时令存异。一个乡牵二十四个村落，村有不同，但美丽皆在，乡愁共享。瞬间，王之梦、圣之心、民之意在花儿歌唱时，鸟儿问答间，于新千禧的色彩斑斓中重逢花鸟朝雁。

鸿雁曲

依稀记得一个汉使——苏武，牧羊十九年。酷暑严寒、雪雨雷电笼罩的岁月，让他成了寂寞深重的男人。是鸿雁作为信使，才得以让这位尊重使命、敬重气节的使臣回到故里长安。

大唐奇女王宝钏，为了爱情，苦守寒窑十八年。鸿雁甘当信差，背负罗裙血书，让这个最孤独的女人最终团圆。

不仅是充当信使或信差，也是游子怀乡之心的停靠与飞翔。

在芦旁，爱着故乡。在水边，恋着他乡。思向苍茫，情自徜徉。

从北向南，从南到北，串起了山峦，连接了江湖。在无垠中勾勒出季节的美，于广袤里渲染了故乡的愁。鸿雁，就是千种美中、万类愁里有灵性的大美乡愁。

上庄乡的黄昏，韵致典雅，风光素媚，声息恬淡。柳丝袅娜，绒花粉艳，炊烟袅袅。

唢呐声嘹亮悠远，鸿雁闻声振翅而来，更显出别致的美丽和浓淡适宜的乡愁。

不再因迁徙而停落，而是对上庄乡的山川之俊，田畴之美，人心之善深情的眷恋。

仿佛在等待，和花儿一同烂漫；好像在呼唤，与鸟儿一起共鸣。更像是对生活的一种信念，对未来的一种向往。

花呈艳丽献芬芳，鸟歌乡愁颂梦想。花鸟亦代表民众民意，花鸟朝雁描绘了坚固美好的信念，唱响了幸福未来的隽永画卷。

花香颂

各种鲜花在鸿雁的周围争相开放，雁行花也行，花动雁亦动。唢呐声传，鸿雁引吭长鸣，花朵尽情欢腾。鸿雁舞动翅膀，一边讲述，一边聆听。说到吹唢呐的后生，一片静寂，一片羞赧。谈起后生是乡里带头人，就像自己是领头雁一样，继而潺潺情动，阵阵香远。

众花推举梅花率先分享。从隆冬走来，一路辛苦，且最先莅临。梅花矜持，懂得如此盛会，自己的冷艳不适当先。

栗花牵着合欢花火辣登场，一个馥郁，一个淡雅，齐唱赞歌，共夸新墙。栗花夸村里村外的长城墙美洋洋，合欢花赞村街处处的民俗文化墙喜洋洋。

走过一个乡二十四个村庄，墙墙相连，蓝灰间白的色调像和平鸽，或停歇，或飞翔。工笔唐王和鸿雁的故事，写意嫂娘杜玉茹的大爱和美丽乡愁。鸿雁不断眺望和俯首点赞。

鹅黄的迎春花从通衢大道走来，素装朴实，笑若春阳，温馨甜蜜。花蕾初绽的杏花依然越墙，依然羞红，已然跃上了山冈。

高洁的白玉兰秀美了街巷庭院，无须叶伴，独有的娇艳和芬芳，表明了忠贞不渝的品性。

桃花啊，桃花，时运，爱情。满园的粉，漫山的霞，风为乱红舞。

初生的梨花蝉翼般嫩白，好像有些孱弱，经风呼雨唤后，怒放出厚重的乳色，皑皑若雪。

五彩缤纷的鲜花曾执意争春，此时，又笑着、闹着、指点着，炫耀着宽敞亮丽的新居……万亩现代休闲农业产业园，美不胜收。千株海棠花和万株萱草花，为新邻居的风采手舞足蹈。

芍药花伴牡丹花舞步舒缓，一个丽质，一个华贵。唢呐声轻柔，鸿雁驻足观赏，群芳屏气凝神。此刻，不再是牡丹为王，芍药为相；也不是坐如牡丹，立如芍药。而是，似姐妹，像伉俪，款款深情。既为上庄乡的美代言，也为农户添香，还是九江农场花圃的形象大使。

蔷薇花、月季花、玫瑰花三姊妹，恍若天女散花，意气风发。如此凝香，这般美艳，不只在院落、在农场、在休闲园，在中国上庄婚纱摄影创作基地也大放异彩，朵朵留情。

金银花蕊不离不弃，似鸳鸯对舞。石榴花语，成熟之美，累累子孙。金色、银色、铜色的花开，都是给浪漫基地的靓丽主角们温厚的祝福。

鸿雁听到了山茶花和杜鹃花的私语。茶花可爱，有一颗谦让的心。杜鹃懂得爱的喜悦，也恪守爱的节制的箴言。

鸿雁看到了属于庭院的木槿花，枝叶扶疏，花蕾疏放，却坚韧，又坚持。

在悠扬的唢呐声中，月光下的桂花，香飘农家，沁人心脾。

九月菊花，心性高洁。送给鸿雁一词：朝饮木兰之坠露。送给后生一词：夕餐秋菊之落英。

水仙充满敬意，指挥着绿洲花卉基地的君子兰、蝴蝶兰、康乃馨、百合花、一品红、栀子花、茉莉花等众多花姑娘载歌载舞，牵牛花恣意吹奏，郁金香深情领唱，兰花念白清逸悦耳。

田间地头的柳树花、槐树花、枣树花、葡萄花、苹果花、山楂花、柿子花，还有篱笆前大棚内的葫芦花、豆角花、黄瓜花、茄子花、倭瓜花、番茄花，都在春良农业园和各个农家院编织着花花的梦。日日月月，季季年年，果果累累。远远近近，果实芬芳，花梦绚丽。

一月的梅花和七月的荷花终于对话，共同见证了一个平凡的女性杜玉茹构筑了一生的伟大，用五十一个春秋伺候身患重疾的小叔子。五十一个冬夏的辛苦付出，一辈子的厚德大爱。她有梅的坚强，有荷的慈爱，有雪梅的清香，有雨荷的清婉。心里有着梅荷的圣洁之美，也有着梅荷的甜润之愁。

月色溶溶，清风习习，唢呐声颤颤，一个绿色的、广阔的油葵方队，正踏着勃勃生机昂首阔步。等旭日东升，待朝霞万丈，一个个充满希望和快乐的金灿灿的笑容会迎接你，并祝福明天会更好。

鸟歌唱

飞来了，飞来啦。一只喜鹊，一群麻雀，还有燕子、白鸽。

柳树乘风而来，黄鹂鸟在鸣啭跳跃。绒花树在月色中宛若柔润女子敛衽而拜，蝴蝶、蜜蜂、蜻蜓，如花的色彩掩映在粉红的衣裙之上。

后生与鸿雁互相仰视，乐声和长鸣激荡心潮。白云载白鹭而归，舞姿翩跹，欢声婉转。

当"森林医生"啄木鸟巡诊归来，夜莺开始了歌唱，不是歌颂爱情，而是上庄美的歌曲，百鸟合唱，百花共舞。

鸿雁立于雁栖园刻有"厚德"红字的巨石之上，周围有"自强""开放""创新"的石刻围绕。鸿雁拔下自己的翎毛撒向鸟群，然后高亢地讲述了上庄村被评为"河北省美丽乡村"的拼搏历程。

花儿闻之吐芬芳，鸟儿听之颂上庄。

喜鹊不在高枝传喜，而在文化长廊的亭檐上畅怀。旁边是村民自己修建的休闲公园，垒砖作墙，搭石为山，种草成茵。回廊曲径，水鸣浅浅。灯笼红艳，上照下耀。公园与近山辉映，好一个诗画田园魅力上庄。

麻雀纷飞，众赞纷纭。有的说，乡村绿化了，道路硬化了，村路亮化了。有的说，厕所改造了，危房改造了，饮水安全了。最后都认可上庄是宜居、宜业、宜文的生态家园，连叫声都是"记住乡愁，留住梦想"的谐音。

鸽子飞到后生的肩膀上，轻轻咕咕叫。又一个后生在唢呐后生的感召下来到了美丽的上庄，投下巨资，建造信鸽训练营和浪漫香街。

鸳鸯戏水不再言情，总是记挂着一位老书记，古稀之年仍为村里操心费力，不仅不拿村里一分钱，就是该给他的钱也不要一分，全部捐给了乡村建设，可谓无私奉献。

黄鹂鸟叫着，婀娜上庄，开了国学馆；白鹭鸟轻唤，妩媚上庄，建了少年习武堂。鸟的鸣叫声，琅琅的读书声，唰唰的习武声，交织在一起，响亮在每一个上庄人的心里。

燕子衔泥筑巢。嫂娘杜妈妈家堂屋的椽子间就有燕子窝，大小燕子和杜妈妈一起居住，既舒适又安然。燕子们常常看到吹唢呐的后生来帮助杜妈妈，还有很多后生及年轻姑娘和媳妇们来帮杜妈妈干活。淳朴的爱和美丽的心熠熠闪光，真情浓郁，萦系于上庄人的是爱家守家的情愫和离开家乡后那芬芳的乡愁。

同名杜鹃，一个是花儿，一个是鸟儿。杜鹃花也称作"映山红"，杜鹃鸟亦可称作"子规"。是子规啼血才有映山红，还是映山红的美艳让子规深啼，在这里皆不探究，也不考证，只知道上庄人的心如同映山红花开红艳艳，情似子规啼血深切切。一个叫金艳的女带头人拥有杜鹃的心怀，也拥有鸿雁的梦想。

又是闪亮登场的一幕，雄鸡高唱，鸭子呱呱朗诵，白鹅优雅向天歌。绕过碾子、磨坊、谷仓、粮囤，走过乡村图书室、阅览室、村史馆、民俗馆，分别列队而来，好像在向房檐下窗子旁的串串红辣椒解释说，它们既是家禽又属于被驯化的鸟类，还纷纷向田间地垄里的麦子、谷子、金玉米、红高粱询问乡里的循环产业园打造情况，并关心乡里的瑞安牧业和长胜山养殖场建设过程。

俊美的斑鸠和快乐的百灵是宣传员，经常报道上庄人的业余文化生活，广场舞、扭秧歌、猜灯谜、写春联、贴对子、说评书、唱影戏等活动层出不穷，迭起高潮。

唢呐声更加响亮，激情澎湃。鹦鹉学不了吹唢呐，但会说女带头人金艳的话："要让中国上庄如诗如画，大美天下。"

上庄美

上庄山川厚德，心存大爱。风含着情，水含着笑。鸿雁鸣吉祥，唢呐传幸福。翠柳升烟霞，合欢纳月色。

金艳和后生走千家、率万户，美化了环境，发展了产业，充实了精神，和谐了社会。

二十四个村庄的院落、街道、田地，花团锦簇，争奇斗艳，鸟语声声，优美动听。

畦田规整，庄稼旺盛。蔬菜大棚铺天盖地。绿化树、水果树、干果树片片相连、行行对接。

亘古至今的历史文化、民俗故事跃然于灰白墙上，水墨淡雅。用道德感动人，以哲理启迪心的画展、图片、寓言、警句显现在长廊、街头、花坛、小桥、广场各处，寓教于乐，丰富多彩。

上庄的和谐就在于党员诚恳的率先垂范，干部诚挚的带头创业，民众诚信的齐心奋斗。民众诚实，信党爱党。党的宗旨，为人民服务。齐谋发展共图大业，合力建设最美家园。

从大唐天子到当下上庄，花鸟朝雁贯穿了千年历史，贯通了千年梦想，勤劳朴实勇敢坚强的上庄人始终贯彻自己创造的厚德大美，全神贯注自己内心的瑰丽情感。

听，唢呐声骤然吹响，鸟儿开始歌唱；看，花儿初绽争妍，上庄人笑逐颜开。

还有挥之不去的，是鸿雁在中国上庄留下的飞翔之倩影和铿锵之唱和，是铭刻于心间的浓浓而美丽的乡愁。

继鸿雁的歌曲成为经典被大家珍爱后，上庄美的歌声将在中国大地希望的田野上传唱，相信也会在中国的每个乡村唱响。因为上庄的美在壮大，在前行，在无域漫延，在无疆盛开。

娥眉月

1

啊，春姑娘已在唐诗宋词和我的期盼中踏歌而来。千手观音一样的心怀，恰如你的纯真、我的善意。

大慈大悲了，片片素雅洁白的雪花，及你我的因缘。轮回成百花的盛装，百鸟的啁啾，万水千山的壮丽。

2

双眸涨满了桃花的温柔，流溢出杏红的娇羞。轻轻地呼出束束鹅黄，迎春致辞。悄悄地唤来片片梨白，浅吟低咏。

萃取离愁，印染柳色漫漫。勾描别恨，巧绣杨花翩翩。暖得潺潺的小溪流水潺潺，激荡朵朵的白云恣情舒卷。

3

融雪破冰的喘息，和着微风的劝慰和鼓励。嘘嘘之声宛若阵阵节拍，催促小草在柔情似水的曼舞中，轻轻地欢唱。

路旁河畔田野的树林啊，在沉默中整装待发。跳跃的喜鹊争着抢着裁剪新衣，将嫩绿丰满枝梢。

4

我和你，在这样温馨的此时，别样芬芳的此刻，鼓舞着自己的梦想，并互相鼓励。也渴望着，你和我相遇的热烈。

是风牵着雨，唤醒了花卉，红红绿绿，惆怅而飘飘。是雨裹着风，壮阔了河流，湿湿淋淋，缠绵且潇潇。

5

用夏荷冬梅当屏风，我把真诚的座椅让给你。以春兰秋菊作香茗，我将敬重的茶盏捧给你。

谦谦恳请，转换你和我的角色，让我来抒写你的日就月将。静静地面对你的刹那，心如杯盏，已斟满了爱慕的琼浆。

6

雨后的彩虹啊，是天地与万物共同种植的多彩花束。你也将这一花冠顶起，接受所有的注目和礼赞。

青春的你，欣欣容颜，察看四季的冷暖，人心的阴晴。妙龄的你，凛然正气，讲述岁月的苦乐，人间的正道。

7

你与明媚的春光和浓郁的秋色深情对视的瑰丽画面，是眼中的缤纷放飞斑斓。如白杨挺立，似绿柳舒展。

你在大雨瓢泼和大雪纷飞中不畏酷暑与严寒的壮观景象，是心里的爱恋点燃信念。如水温柔，似冰晶莹。

8

走过新月，是娥眉月。又一个娥眉月，才长成半轮明月，你从云水间蹒跚学步到奋力攀登流泻光华。

无论春秋与冬夏，你于百姓的心里，有馨香飘逸。在曲折坎坷与风霜雨雪的路上，分秒记录着岁月的峥嵘。

9

镜头默写枯枝的泪水与祈盼，新芽的快乐和希望。眼睛默读月光的婆娑与轻柔，阳光的信念和理想。

话筒朗读着生命的追寻与执着，生活的泥淖和艰辛。声音回响着河流的勖勉与批驳，山峰的领唱和颂歌。

10

横亘于燕山与水城的心灵琴弦，弹奏着爱的音符。荡漾于滦河与万顷绿波的人生感悟，让情感澄澈祥和。

气贯长虹的绮丽与浩然，是对你生命的热爱，端庄的承载。漫延正气，宽阔美丽，浩瀚成万众的心曲和梦想。

11

你欣然地微皱蛾眉，示意我调整话题，说自己喜欢接受批评。我开始踟蹰，被浮躁与浅尝推搡，几近思绪纷乱。

在山山水水的小径与长桥上，在田野的阡陌中，我徘徊或伫立，如今在你的感召下驻足，似一棵树的影子俯首静默。

12

在城市的落日余晖里，我孤单的身影和瑟缩的梦想，被层层楼宇折叠，被浩荡车流碾压，被无数行人踩踏。

红灯庄严地让我的影子支离，绿灯畅快地使其破碎。幸好有梧桐的绿叶覆盖影子，槐花的浓香一次次地将我拯救。

13

归心似箭，爱如白鸽，朝着我的村庄纵情地穿越飞舞。花园的篱栅已经敞开，只是隐蔽了芳容，藏起了笑声。

我突生对夏季的冥想，爱怜起牵牛花的平淡无奇。红色和粉色是碎落的云霞，紫色与蓝色是水天辉映磨合后的凝结。

14

尽管我依然站在初春的篱笆墙里，有些分裂地面对你。我仍在瞭望多情的雨季，倭瓜花的橙黄牵出姥姥的慈祥。

在村庄的山壑田间，斜阳映红了我翱翔的青春，也被溪流洗濯、庄稼问候，又被绿树高举、山冈拥抱。

15

傍晚举着白色的葫芦花，总能捏住长喙天蛾的卷须。喊着白薯地里忙碌的母亲，摇着耳畔薯秧掐成的项链。

深夜的星光拼缀我银亮的影子，和月亮一起走进梦乡。我的村庄没有刻意让谁记住它，却在随意中让我铭记。

16

忘不掉它苍老褶皱的面庞，还有一颗年轻的心同季节跳动。贫穷分娩了俭朴并喂养了吃苦耐劳，守着淡泊与宁静。

补丁和饥饿充盈了我幼儿与少年的时光，却无忧无虑。蝴蝶舞是我的遐想，蜜蜂唱代替我的渴望，是另一种温饱。

17

父亲的辛勤耕耘，会让我在秋天里像马驹一样欢腾。在母亲的纺织缝补中安然睡去，呢喃中依然追逐河岸的蜻蜓。

姥姥的烟袋锅里装着许多故事，心跳得我张开嘴巴、睁大眼睛。栗花编成的火绳，青烟袅绕，熏香引来蛙声蝉鸣。

18

向阳花让憧憬滋生出乡村的浪漫，派生了我对诗歌的热爱。乡土让我赤足徜徉，并派遣坦荡与新奇陪伴我远行。

玉米和黄昏锻造我的愁，高粱与落霞锤炼我的羞。我知道月色哺育了高贵的相思，却不知是谁将补给我高尚的爱情？

19

麦浪用金色作冠名，在夏季热播着乡恋，碾子激情观赏。谷穗以金秋的名义沉淀了乡愁，石磨流淌浓郁的眷恋。

金乌西坠，霞光羞涩，尽染冬日的山峦和我的乡情。金煌煌的苇席围成的粮囤，引来麻雀纷飞，分享我的喜悦。

20

玉兔东升的美丽约我在湖边凝视，遥想一个泛舟女子的婀娜。娥眉月与你，歌者伶俜，舞者娉婷。

恍然觉得一阵叮玲的声响飘来，若天籁之音在烂漫山花中漾动。你的笑声荡起我的心潮。桨，划之汹涌。橹，摇之澎湃。

21

娥眉月，清辉若水，洗亮了满天的繁星。被春风轻柔地推送，在晚霞与朝霞间，悠悠地荡着秋千。

借助乡村的自然朴实构筑对你的欢喜，心里开垦了爱的苗圃。种下相思，栽上希冀。勤勤为你，恳恳守候。

22

畅想如春的你才没有觉得春的曼妙，只知燕子已衔来春愁。你的一声轻叹，我才走出懵懂，才下眉头，又上心头。

一直沉醉在你的启迪中剖白心迹，像疯子歌颂理性。仿佛谪仙一样举杯，太白邀月我约你，我的娥眉月，将进酒啊！

夏至长吟

1

窗外的鸟儿一直在叫，想必是在唤我。拉开帘纱，推开窗子，一股湿凉的空气扑面而来。小区的中心是绿地广场，宽宽阔阔，并不狭小，满眼的绿树和如茵的绿草高高低低、起起伏伏，错落有致，序列井然。矮楼前的一个心形花圃里，波斯菊犹如一柄柄倒悬的小花伞，红的、白的、粉的，娇艳俏丽。千屈菜是由无数极微小的花朵垒砌成柱子样的花枝，本在河边零散地挺立，而此时聚集在高楼旁，喜悦而矜持地英姿飒爽。一大片艳绝的千屈菜形成一个椭圆状粉红色的湖泊，晨风过处，花波涌起，着实壮观夺目。

昨晚，长儒用微信温馨提示我："夏至的清晨，相约三里河源头。"这多少有童真在回归，蕴意着浪漫的情怀。这里，埋下一个因由，端午节前，我和军民、长儒想在夏日最长的这一天，好好感受一下夏天给予我们的运势和韵味，不在乎酷热，亦不怕风雨，只要夏季投我们以真诚坦荡的性情，我们则报之以不舍不弃的信念与决心，让生命释放，让心念释然。且逢女同学美娟从省城回到老家，便有了忆忆过往时光、叙叙四季冷暖的渴望，产生了牵牵去岁，扯扯来年，缝缝旧愿，补补新愁的感叹。于是，我们有了约定。原本我们老家的村子都在长城脚下，又相隔不远，故相约夏至欢聚在老家的水光山色中，已成心愿。

我给长儒回复了信息，便开始洗漱，收拾简单的行囊。

天亮了一阵子，太阳才沐浴而出，牵着远山黛绿的衣襟，听着近水绕翠的吟哦，喜盈盈的羞，红彤彤的笑，将一张可爱的脸庞涂得涨涨兮，抹得憨憨然。

在路上，依然能闻到端午节粽子的飘香。想到屈原与《离骚》，默念着：路漫漫其修远兮，吾将上下而求索。喜忧参半，喜中激奋，忧中砥砺。

到了三里河源头，军民、长儒已经在等我了。三里河的源头在黄台湖的北端，皆与滦河相接，滦河是它们共同的源。

烈烈旭日，轰轰东升。

太阳跳着、跑着，姿态突显出庄重，神情也尽现了柔婉。烘烘的心，思着、想着燕山的城歌楼咏；灼灼的眼，望着、瞧着滦河的花草漫延。

我们站在雕刻着"三里河生态走廊"字样的景观石前，既能观滦河水的浩浩气势，又能赏黄台湖的汤汤胸臆，也可见三里河的涓涓柔美。景观石也是迎客石，一块高大厚重的花岗石，石面灰白泛着浅黄，近乎海滩的颜色。正面是书写雄健遒劲的题名，背面是生态走廊的简介。在绿意盎然中，景观石表述着生态走廊的概况，犹如展示男人英俊之仪容、女人婀娜之体态，令人遐想。

水城，一座水中的城市，被太阳光明磊落，一如既往地爱恋着，成为被冠以众多芳名的窈窕淑女。滦水在她的秀发之上奔腾荡漾成柔亮的绸缎，三里河流淌蜿蜒为束其腰间的柔软的衣带。

君子好逑，我们和太阳一样，是炽热而柔情的汉子。我们决定访问生态走廊，算是给淑女梳理衣带。军民在农大学林业，长儒学果树，对花草熟稔，也知晓其性。在三里河驻足，尽情饱览，其心为我，如盛夏热烈；其情亦为我，比盛夏亲热。

景观石两侧的松树成排耸立，赫然青绿，仿佛在收纳暑气，释放肃静。走下大理石铺砌的台阶，便进入了生态走廊。

眼前，一泓碧水轻柔漾动，花岸草丛有白花花的活水注入，推波始发，助澜向东，刹那间，我们的眼目湿润了，心同此方世界一般清凉舒爽。

选用植物修造的月亮门和大花瓶构思巧妙，为花的净土增添情趣。河的两边有着宽阔的水泥路，供游客漫步、游览车畅行。路的两侧是花圃，一片片的，形状各异。我们站在牡丹园前，花已随春去。长儒叹之："花中王无花，落得空寂。"我说："也好。"军民表示："恰如我们，历经沉疴，过了天命；历尽沉疴，也过了繁华。"

不远处的美人蕉开得正旺，从深红到杏红、橘红，从深黄到黄白相叠，一簇簇，像火炬，恣意向天，恣情欢歌。我用手机拍下其娇容美貌保存起来，留待冬天，一边观雪，一边赏花。

行走间，我们被一片连一片黄灿灿的花朵吸引过去，长儒讲解："这一片是金娃娃萱草花，嫩黄、慵懒、任性，像小喇叭。那一片是日光菊和金光菊。金光菊又分二色金光菊与黑眼金光菊，橙黄、俊俏，独立，举当伞盖，戴作斗笠。"军民指着菊丛中几株小巧轻盈的鹅黄色小花说："这是翅果菊，也叫苦荬苣，既可以药用，又可以食用，有抗肿瘤和保护心脑血管等药理作用。"花虽小，但明大义。平淡质朴，却能粉其身，医而出奇；卑微无华，也可碎其骨，治而生效。

一坡的百日菊，让我们眼花缭乱，让我记起老子在《道德经》中之言："五色令人目盲。"再次感受菊花的异彩纷呈、群英荟萃的震撼。我们不得不陶醉其神韵：艳亦容清，美且纳雅。接下去，便是平心浮想，静气沉思。

梅、兰、竹、菊，乃四君子，菊表淡意。五柳先生之志："采菊东篱下，悠然见南山。"意表归隐、闲适、淡泊。彼菊，想必是秋菊。而我们在当下，用愉悦的心情欣赏的此菊，可认作夏菊。如此仲夏，菊花不仅给我们带来了视觉的美，还为我们的心送来了高洁和恬淡呢！

有一池水，在河一侧，与河相通，取名"半亩方塘"。我们于塘前小憩，池内天光幽暗，云影未至，倒是浮萍与荇菜相对铺展，大小绿叶遮盖了涟漪。《诗经·关雎》如歌："参差荇菜，左右流之。参差荇菜，左右采之。参差荇菜，左右芼之。"描述爱情男女在河中从左到右捞、采、拔长短不齐的荇菜的场景。荇菜也勾起我们过去岁月曾有过的甜蜜。用这丝丝缕缕的甜蜜凝视浮萍，不去想其在风雨中的瑟缩凄惨，只看阳光下的可爱模样。

早有三五只蜻蜓飞来绕去，有的弄萍，有的点水。

将离开三里河生态走廊时，一串红，红艳映丽，似火燃烧，比火还红，比霞懂礼。款款情深，依依作别。近旁的一丈红，婷婷、婳婳，舒展自如。枝枝疏阔，朵朵疏落，花姿曼妙，花色斑斓，浓妆争艳，淡抹夺俏，犹如画境，藏着浅愁。我们的心缱绻起来，点点相思，缕缕乡愁，适逢水柔花媚，云烟缥缈，氤氲开来。

蓦然回首，这里也生长着一畦波斯菊，那一朵朵菊，像一只只花蝴蝶，或刚停落，或要飞舞，恰有一对黑白蝴蝶飞去，我们无法辨别哪是花哪是蝶了。只记得蝶恋花、花似蝶，也记得梁祝化蝶的故事，还记得庄周梦蝶，就好。

2

在一个粥铺用过早餐，将近九点，阳光强烈，气温灼人。

夏季的滦水滔滔，向南悠悠、阔阔。我们沿着河岸大堤上黑亮的油漆路逆水向北，向着燕山、长城和老家跃进，听流水滔滔，看田野青青之沛、翠翠之茂、绿绿之盛，心怀豁亮，激情潺潺，欲念颤颤。

此时，长儒正给美娟发美景图片，军民嘱咐别发同学群和朋友圈，以免未受邀请的同学知晓后埋怨。

滦河上曾经有过的几个古老的渡口已消失殆尽，全无痕迹，连同木船、铁船都无影无踪了，陆续新建的几座大桥风格迥异，雄伟而豪迈地飞跨其上，仰望蓝天和白云的舒卷，俯视流水与青山的倒影。

北方的青纱帐，因道路、桥梁、工业园、生态园的建设以及种植、养殖结构的改变，被规整得变了容颜。玉米地和花生地，都是小面积的地块，不再是一望无际的深绿，我童年的足迹曾踩踏其中。那时，欣欣憨态，手成拳状紧握野草，用力拔之。间或酣然、怡然觅食野果。

沿途的树，基本都是绿化、美化树种，常见的杨树和柳树反倒少见了。杨树挺拔，柳树柔顺，越是于眼前退隐，越是想寻寻觅觅，最终在心里浓浓密密起来。一棵棵，在庭院门前静若处子，在村口乐守村人的早出晚归和游子之心；成行为排，在田间遮风挡雨，或在河岸对水自怜和如诗如画引蜂蝶翩翩。细细想来，一夏的绿，蓬蓬勃勃，是叶子轰轰烈烈的合唱。每一片叶子，由春初芽、绽翠到湛绿，经过夏季广袤无边无际的繁茂，到晚秋的枯黄凋零，叶子的生命寂然息止。杨树的叶子是不规则的圆形，柳树的叶子是窄窄的条形，在万万千千的叶子中很有代表性。杨树的叶子像一颗心，赤裸的，坦诚的，源于根部的力量和枝干的遐想。柳树的叶子是一弯眉，随风而笑，遇雨而蹙，一颦一笑，安恬时光，静待春秋。杨柳常常相依，杨呼柳唤，恰如我们的烦忧，眉间心上，不在眉头笑，即在心头愁。叶子终究会由绿到黄、由盛到衰，像花朵一样零落成泥碾作尘，回归土地与河流。

此时，长儒让我们看美娟的回复："杏山的花开，等诸君陶醉。"

凤凰山，沟沟壑壑，槐树优优，荜荜如盖。路边，有一户养蜂人家，木板上写着："出售槐花蜜。"我们停靠搭讪，探真伪，讨价钱，最终成交，还送了我们一些晒干的槐花，可作茶饮。花，降火。蜜，润燥。睹物清心，我仿佛又回到孟夏，回到五月，漫步在槐花香中，还有乳色的月光，近旁，一片茂盛壮实正拔节的麦子泛着青幽幽、绿油油的光影。花的芬芳、麦的清馨，还有绿的影、白的光，围住了我，有一种被窒息却又舒爽的惬意。我听到槐花对五月说："哦，五月，我于春迟到了，杏花、桃花、梨花、苹果花早已浓妆赴约去了，就连杨花也赶上了春天的盛会。请来帮助我，我要绽放，我要释放。"五月张开怀抱笑迎槐花："来吧，来吧，让我们走向大街、小巷、河畔、田野、山麓，我们尽心谱写、描绘、尽情热爱、放歌。"

将近晌午，我们到了美娟的老家。

杏山，长城脚下的一个村庄，多半依山靠坡，山上杏树成林，故山与村同名。美娟的家，在村西坡顶的平坦处，三间青砖灰瓦白墙的院落。院子的门楼也镶着瓦顶，门左，一棵柳树枝叶浓密，投下硕荫，挺立着奶奶的慈祥和淑女的文静，知了声声，是对我们的热烈欢迎。门右，一棵绒花树开得正妍，粉红的小花，娉婷、别致，在知了声中，与蜂蝶嬉戏，比俏争巧。

院外西南，高耸着十几棵杏树，杏子红扑扑的羞容在叶子中随风隐现。举目向西向北，棵棵栗树，青青峨冠，耸着举着，簇满山坡。一丝丝清甜的气息从林中飘溢而出，驱散了围困我们的团团暑热。

美娟衣着素简，宽宽大大，已在柳荫下等候。饱满的情，丰盈的笑，表达关心的嗔怪，一起迎接我们进院。院里的西厢房也是青砖灰瓦白墙，房檐下挂着长长的青绿泛黄的火绳，两间雅趣的小屋，让人怀旧。军民问："栗花刚落，这么快就编了火绳？"美娟说："早落的栗花，我妈捡回来，简单晾晒，就编了。我妈总是急，年年如此。蚊虫都怕她老人家了。"话语里透出了老人的身板好。

进到正房台阶前，环视左右，才觉出满院子的花开得密密层层，香气沉浮。正房台阶下门口两边，静立着两个荷花缸，荷叶与花蕾亭亭净植。鲜绿的荷叶大则盆口小则碗口，花骨朵润泽如玉，若一颗无欲的心开悟世人。《爱莲说》有赞："出淤泥而不染，濯清涟而不妖。"孟浩然亦曾于诗中有美誉，有嘱咐："看取莲花净，应知不染心。"我双手合十，沉静自己，让莲入心。

荷花缸之左，木槿高顾，花朵层出，疏疏落落，秀媚飘逸。荷花缸之右，月季的枝藤爬满竹架，花开缤纷，高低错落，怒放出花团锦簇的绮丽艳美之势。长儒摘取一朵红花对我说："花丛里，还藏着玫瑰花呢！难得热闹，送你。"我本想转送给美娟，又念刚刚拜过莲花，怎能乱心蒙尘？于是寂灭此念。持花之际，又增一想，寻水觅瓶，欲养这朵离群的红颜玫瑰。

美娟引我们去西厢房，挑珠帘而进，别有情境。房分里外两间，干净素雅。里间，一炕一席，一窗一柜，一桌一椅。外间，白砖灶台，木质橱柜，东窗靠里是一个离地面一尺高、一米见方、镶嵌大理石的井台。大家惊诧之时，美娟解释："此井深不足两米，井水至井口两尺，无论旱涝，一年四季水位不变，水质清冽甘甜。论其年龄，比我还长十岁，是我爷爷当年盖这院的老宅子时无意间挖掘的，我们家一直吃这口井的水，很受益的。前年，市里建设美丽乡村，我父亲将老宅子翻盖了，给这口井也盖了新房。火炕冬来取暖，夏去潮湿，井水温润，这西厢房冬暖夏凉，我住着很舒服。"

军民感言："有此青山，有此绿树，才会有此甘泉啊！"

美娟补充说："院外还有山泉水，从墙下引进院里，流入储水池后，再流出院外。用这流水洗衣、洗菜、浇树、浇地太方便了，现在的乡村生活实在太美了！"

我心旖旎，怪想：人间仙境，何不归隐？

此时，美娟的父母从正房笑呵呵地迎出来，亲切地催促着我们赶紧进屋歇息，一会儿就吃饭了。

我把手中的红玫瑰插入一个灌入泉水的矿泉水瓶内，然后放置于花丛中。

3

晌午，满满一桌的山野农家饭菜，红板柜上摆着白酒、啤酒、饮料，啤酒在清泉里浸润过，显得晶莹剔透，甚是振奋我们有些饥渴的肠胃。

寂静的山村，闲适的庭院，唯蝉鸣唱，我们在美娟父母高度热情的鼓励下，开怀畅饮，大快朵颐。

我因去年胃部手术，不能饮酒，却足足吃下了一碗香香的夏至面。这次相聚虽是相约，但很难遇到如此佳境与氛围，这般快意也算邂逅，我亦频频举杯，杯里是美娟沏的荷叶茶。

饭后，大家需要休息。我眯了半小时就卸去了疲劳困顿，然后用山泉洗濯，更觉神清气爽。暂时告别军民和长儒的鼾声，到村里转转。村子依山傍水，房院分两种色彩：一种是白色，镶白瓷砖；另一种是青砖灰瓦白墙。街道整洁通畅，家家门口树木林立、花果累累，香气浓郁。

白云悠悠问天，泉水清清叩山。我心追云逐水，于恬淡中安然。

我给紫茉莉、紫薇、紫雏菊、紫萼、紫露草、铁海棠和美国薄荷拍了照，很多花是通过手机软件认识的。我刚拍下油葵金灿灿的笑脸，美娟来了信息："去登长城。"

长城在杏山村北，举头可见其古朴之气，雄伟之势。

美娟带我们来到后院。整整齐齐的菜地，一畦畦茄子、西红柿、辣椒、小葱、生菜、豆角、西葫芦和黄瓜，水灵灵、翠生生的，寨子上、墙上比比皆是，让人欢喜不已。

美娟已备好塑料袋，摘一些黄瓜和西红柿，用泉水洗净。军民、长儒也借泉水之清凉盥洗惺忪的眼和醉意的脸，长儒依然调侃："这西红柿和黄瓜想必也刚刚睡醒，摘下它们用于登长城之征程，此乃善行。"我们又带上西厢房的井水，便出后院门奔向山林。

一条弯弯窄窄的山道，被松树、橡树等杂木丛林簇拥着挤向山梁。申时的太阳在夏至的节气里丝毫不能懈怠，将山河炙烤得热气蒸腾。我们虽有林荫庇护，但在行进中依然汗流浃背。

美娟停住指向前方说："坚持一下，到了山梁我们休息。"我们三位男士觉得惭愧，长儒摇头兴叹："巾帼不让须眉。"

山梁上的一棵松和松下的风，让我们体会了舒爽的感觉。回望山村，葱绿中灰白挺秀，可爱可亲至极，有暖的东西在心底婆娑，像花叶，像暖流。

山梁向北，无须远眺，长城在眼前巍然横亘，矗立于苍山之巅，沐岁月之风霜雨雪，浴历史之盛衰荣辱，逶迤起伏于大地与天空相接的博带之上，绵延跌宕于圣人思想之教授、秦皇汉武之文韬武略、唐宋以来瑰丽哀婉之长歌所汇聚的智慧与梦想之上，如今又面对我们崇敬的目光，像父亲的脊背，如母亲的胸怀，虽历尽浴血的沧桑与苍凉，依旧能托起太阳之光，举起月亮之明，假恶丑之欲，不能使其屈服，贪嗔痴之念，不能夺其魂魄。我们仿佛又回到了年轻痴狂的岁月，喊着、笑着，向最近的烽火台奋力攀登。

登上烽火台，我们的衣服几乎全部湿透，美娟的素衣不再飘然，将身体贴裹得凹凸有致。我躺在地上，四肢伸展，感受砖石的烘烤，望着瓦蓝的天空，听柔软的风蹑蹑的脚步和小虫轻柔的歌谣，闻太阳赋予夏季的花草香甜的气息。在第二个烽火台，我们分享黄瓜的清香。第三个烽火台上，西红柿爽口的酸甜，让我们谈起戍边守城的将士和于此处过往的生命，是否也有过我们的此番惬意呢？望着茫茫山河，感其锦绣，叹其壮丽。我们眼前东边那座高峰的敌楼，是我们此次攀登的终极目标。

就在我们出发的刹那，刚刚还是万里无云的天空，只见西北方向乌云滚滚，恰似惊涛汹涌骇浪滔天，亦如万马奔腾尘沙漫天。继而，电闪刺目，接着，雷鸣震耳。我们是前进，还是后退？军民在犹豫，长儒在焦急，我在观望，美娟只大喊了一句："我们继续。"美娟迅捷地向前跃进。前面的斜坡又陡又窄，台阶已被毁坏，行进困难且危险，再遇上如此恶劣的天气，令人十分担心。美娟的执着和无惧，撞击着我们的踌躇与怯懦，激励向前，激发无畏的豪情。我们努力前冲，看着美娟的背影，感觉到了内心的摇摆和虚弱，和美娟相比，难以望其项背。风猛烈而急速，将云海的咆哮化作怒吼，推动着黑压压的云浪淹没了远山，也漫过了我们的头顶，急急地卷着枝叶向村落的花花草草覆盖。美娟的衣裙被劲风撕扯着，如被抽打一般。有的台阶不是躬行，而是爬行。当我们终于攀上敌楼的瞬息，雨点如箭镞般凶猛地铺天盖地而来。

长城内外一片烟雨。我们在燕山之上，在乌云之下，在狂风暴雨之中，与长城共守着一个梦，一个平安的梦。敌楼是残缺的、颓败的，但始终像一个英雄立于智慧与神话、思想与传说、历史与未来相互链接的时空中，捍卫着我们心灵的信念、意志、虔敬与展望。

不足半个时辰，骤雨在我们的瞭望中停歇了。长儒高喊："西北角，天晴了。"我们看到那里一片湛蓝，且不断扩大。太阳已突破了云层并把云染成血红，像托马斯·哈代描述的伤痕。

美娟不见了。我们在楼内寻找、喊叫，她却无影无踪。我跑到外面，正要呼唤，却见美娟穿着红色的长裙站在楼顶迎风而歌。

我惊呆了，席地而坐。军民、长儒露出惊讶的神情，挨我而坐。我们小心翼翼，须臾便开怀大笑，给美娟拍照。

夕阳西下，美娟一袭红衣，张开双臂，微笑着舞起万道霞光。长城内外，红霞满天。

楼角的一枝牵牛花，经雨的润泽更加娇艳，在晚霞中愈发美丽，也为美娟而感动。我想，这平凡的牵牛花在夜来将睡前，一定会把美娟的红艳之美悄悄地告诉今晚的弓月呢！

我们没有按原路返回，包括返城的路，而是重新选择了一条乡间柏油路。美娟和我们一起回来，因为更多的同学在等待相聚。我忍不住问美娟："为何会有红衣飘舞的念头？而且还有准备。"美娟沉默了一会儿说："就是小时候的一个梦，站在高山上、长城上，穿着像红领巾一样红的长裙子，尽情地歌唱。"

我沉默了，为了不打扰如此清澈与纯净的心愿。

　　美娟像自言自语："多年的梦终于实现了，感谢有你们的陪伴。"

　　军民回应："这没啥，咱们在不惑之年又共同经历了一场风雨，挺好。你在红霞中的红装，挺美。让心热热的。"

　　长儒随声："是啊，当时眼睛都潮了。"他正给同学群发美娟在霞光中的笑颜。

　　路过一个水塘，蛙声阵阵，这久违的声响又掀起我小时候的岁月及往事。

　　美娟轻柔地说："上弦月。"我把目光投过去，温情地遥望着，想象着婉约、简朴的弯月，莹莹、洁洁，会将绵绵炎炎的夏至之咏叹，带给繁星的梦呢！

蜻蜓之恋

1

盛夏中的蜻蜓，喜欢湖畔与河岸，不离柳绿，不舍荷红。

晨曦里，我在黄台湖漫步；晚霞中，我于滦河岸行走。

蜻蜓一直伴我，飞舞在我四周的斑斓中，飞旋于我记忆的简朴里。

少陵野老有歌："点水蜻蜓款款飞。"心情与蜻蜓一样舒展自如，悠闲而快慰，环云飞，一飞冲天。

姑溪老农亦唱："点水蜻蜓避燕忙。"心思与蜻蜓一样一张一弛，牵挂的胸臆，绕浪卷，漫卷花香。

蜻蜓于我的印象，无论是近前的，还是久远的，都是飞翔的精灵、飘舞的花朵，有着笑盈盈的油葵迎接太阳的热烈与执着，亦有乌云压顶、暴雨将至前低翱的矜持和高翔的无畏，自然更不乏骤雨初歇后、阳光暴烈下振翅高飞的激情与乐观。

蜻蜓是夏季的宠儿，无论谁选择谁，这种重度热情的容纳和驰骋，皆显示出铁骨铮铮的豪迈和柔情似水的心性。

2

在我们村东，一条小河流淌着。两边站满了洋槐和柳树。

那时，年幼的我赤足而裸胸，仅仅用毛蓝布裤衩围腰，有时也偷偷戴上爷爷的草帽，用桑条揻成一个圆圈，捆绑在长木杆上，将圆圈的两面罩上蜘蛛网，开始在河岸挥舞。

总会有不小心或怀着大无畏信念的蜻蜓，被我的蚂螂罩胡乱地粘住，然后将其从网中摘下来，桎梏在事先洗刷好的圆鼓鼓的瓶子里，被逗弄、玩耍。蚂螂是蜻蜓的别称。

老家的庭院里，蜻蜓在黄色的倭瓜花和粉红的豆角花间逡巡，瞬间又飞跃到房顶白色的葫芦花丛中。我幼稚的目光急切切地随蜻蜓绕来飞去。

有时也在纸上用铅笔画蜻蜓，翅膀却被画了又涂去，最终描成了白帆。

少年的轻佻与狂野如稗草和禾苗疯长，对蜻蜓滋生着顽劣及从不怜惜还有些得意忘形的伤害。

常常心怀愧怍，向曾被我蹂躏过的蜻蜓致歉。

3

蜻蜓大大的圆头和长长的身子，启发了我的想象：站在轩辕阁上，看黄台湖直揽滦河水入怀，波光粼粼，恰似一只巨大的银光闪闪的蜻蜓，栖息在燕山足前广袤田野的翠绿之上。

黄台湖壮丽，滦河宽阔，与岸上的左青右绿、前红后紫、此姹彼嫣的景致互相映衬，水流舒缓而清澈，细细的涟漪荡漾着幽幽的浩渺。

恍若红尘女子，扭动着丰腴的体态，羞笑着姣好的容颜，流露出温婉的性情，显示出豁达的气度。

湖与河，是水姑娘环肥燕瘦各有其美的呈现，一个在静中笑，一个在动中羞。一个是敞开胸襟，一个是奔涌投怀，轻柔地相拥在一起。似蜻蜓，具其身形；若女子，容其神情。遐想舞动起翅膀：蜻蜓女神以点水之姿飘飘横卧于轩辕故里，为蜻蜓开辟建造了故乡，靠水而居，每一次点水都是回家。我想，蜻蜓点水，不仅是一种生命的点种，还是一种雅趣的浪漫。

4

人生就像一条河流。或宽，或窄；或长，或短；或清澈，或浑浊；或平缓，或澎湃。

母亲挺起的胸膛，殷殷深厚，是源泉；父亲拱起的脊梁，切切悠长，为开掘。

蜻蜓从自然的水源，冲到我生命的河流，飞进了我的人生。它像一只只小小的帆船停靠或游荡在我生命的遥远和近旁。

载来我的快乐和希望，载去我的烦恼与彷徨；载来我的成长和爱情，载去我的踟蹰与忧伤。

蜻蜓的两翼如双桨，左翼曾折于沙尘暴，右翼断裂于雾霾。

我于河畔闲行，择长椅小憩，略微仰视，蜻蜓若散花缤纷：蓝天之下，一只蜻蜓，在独舞。白云飘逸，两只，或三五成群，正合唱。舞作鸟翙翙之姿，歌成雀翙翙之声。观其翩翩，飞若惊鸿，冲向绿水青山之间。

5

范成大在南宋留言："唯有蜻蜓蛱蝶飞。"蜻蜓与蝴蝶齐飞，不同节奏搅动的太阳雨飘洒着落寞的时光。蜻蜓闪闪，飞得轻轻盈盈；蝴蝶坎坎，舞得颤颤悠悠。毕竟是蝴蝶恋花，蜻蜓爱水，到如今，寻不相同的憧憬，觅不一样的佳偶。

晏殊讲："蜻蜓点水鱼游畔。"蜻蜓与鱼儿通过各自泛起的涟漪亲切而轻柔地交谈着，铺展开自然的和谐。晏殊又说："鸿雁在云鱼在水。"是说书信往来，传递爱情的忐忑与欢乐悲忧。

我在想，蜻蜓是否也肩负着雁儿和鱼儿的使命呢？怀着雁儿想鱼儿的思呢？

蜻蜓点水让我感怀：点水是为滋润声嘶力竭且不知疲惫的唧唧蝉鸣；点水是为锦绣山川在沉醉的晚霞中妖娆壮丽；点水是为洗濯夏夜的繁星更加闪烁；点水是为月亮无论圆缺既能柔软相约

相思的情，也能照亮宽广羁旅他乡的心；点水是为晨曦拥抱万物的生机勃勃和盎然绿意掀起的喜鹊欢歌。

6

当朝霞浸染着天光云影、山容水色，蜻蜓沐着红艳、浴着嫩绿，时颉时颃，上翥下翚，翩然而至。

刘禹锡曾在《春词》惆怅："蜻蜓飞上玉搔头。"这里，蜻蜓女神发髻斜插的玉簪化作了娇艳欲滴的鲜花，玉兰下的白玉簪盛开着母爱般的纯洁，柳荫里的紫玉簪怒放着少女般的羞赧。

巳时青壮，晴空丽日，芙蓉葵和蜀葵花开烂漫，花形简约大方，花色纯粹淡雅，留得蝴蝶痴迷，留下蜜蜂陶醉。

唯有蜻蜓，须臾盘旋，以示招呼，以表问候。对于蔷薇和月季只是俯首微笑，飞过木槿的刹那，只有扼腕蹙眉。

骄阳下，大花美人蕉早已挺着身子翘首以望，红得惊心，黄得动魄。牵牛花，色彩纷呈：红的挨着粉红，紫的带着淡紫，蓝的领着浅蓝，白的抱着紫白，像一个家族在温情地静候。蜻蜓抖动翅膀，面向花丛，几番合十而拜。继而，以姽婳之态，拳拳向水。

当斜阳跃进水波的清湛中，所有的倒影都紧随不舍，神采焕然。顺着映像向上看，蜻蜓也不例外，栖息在荷叶上，正与荷花默默相视，与莲花之心脉脉倾心。

2018.9.19

现实与梦

1

仲夏的夜啊，我的娃儿，你去哪了？娃儿，你去哪了？

咱这个家你常常驻守，用你十分危险的病体和遭受重创的心灵，痛苦不堪地守护着咱们的家。

爸爸不在，你在。妈妈不在，你在。佳佳不在，你在。太阳走了，你在。月亮走了，你在。星星走了，你在。

你日日夜夜、分分秒秒都没有离开这个家，你和家安静地承载一个个梦，不离不弃，从未分开。

属于你的只有梦。那些梦，有的模糊，有的清晰；有的碎裂，有的完整；有的恐怖，有的温馨。有的让你绝望，有的使你憧憬。

娃儿，这一回，你去了哪里？爸爸环视四周，没有你。爸爸找遍每一间屋子，没有你。重复找，没有你。反复找，没有你。

爸爸开始以为你在故意捉迷藏，可随着寻找的繁密，爸爸的心沉重起来，后来爸爸呼喊你的声音被泪水淋湿了。

娃儿，你离开我们是寻找我们过去的不在吗？是你再也负担不起那无数次漫长的等待吗？

妈妈来电话了，说你在医院还好，只是在病床上沉默无语。

娃儿，你离开爸爸仅仅一个夜晚，爸爸对你的想念却猛烈而无法控制。爸爸因对你的愧疚而不由自主地哭喊起来，悲切、心痛、歇斯底里。

想想平常的日子，爸爸离开你那么久，一次次，爸爸还觉得心安理得，那是因为你在家。现在想，爸爸不是好爸爸。

娃儿，爸爸想你。想得忧伤而无奈，想得喊喊地哭、唉唉地诉。想着你平素在家里低低地、轻轻地、默默地落泪，爸爸的身体好像被抽掉了气血。

娃儿，爸爸担忧你的苍白无力、凌乱无序、孤寂无声。牵挂你的焦虑，和对亲人陪伴的祈盼。

我们当下还帮不了你，把你隔离在医院才成全了对你真正的帮助和痛心疾首的挚爱。爸爸的心被宰割，心中涌着血水，眼里荡着泪水。

娃儿，你遭罪了。

爸爸坐在你的屋里，望着你幼儿和学生时期的照片，这一次，泪如泉涌，痛不欲生。

想那年正月十五，爸爸被迫把你送进北京的医院，而且爸爸和妈妈还不能陪在你身边。我痛心疾首，比被万把锥子穿透还要疼啊！

爸爸在你住院期间，每天都要坐在你的书桌前，为你暖屋子，添生气。

娃儿，爸爸对不住你，三千个日夜的呵护，没能让你健康起来，反而让你加重了病情。

娃儿，现在夜已经很深了，你睡着了还是醒着呢？娃儿别怕。你醒着，爸爸陪伴你的静默和所有的冥思苦想。你睡着，爸爸守在你的梦中。

爸爸让灯亮着，照耀着你照片上的微笑，就当你在。而你在时，却总关闭着你自己屋里的明亮。

娃儿，爸爸若是困倦垂首，那是思念深深，牵挂重重。

2

腊月，大寒时节。宝，你在悄寂的雪花飘舞中，笑吟吟地走来。像一个梦。

宝，你来自鸡年，像美丽的凤凰一样。我确定，你是我的女儿。礼物，是送宝一个名字：小九。

宝，我们还未曾谋面，只是让你的妈妈轻微地感觉你昙花一现般的存在，你就去了不再回来的远方，永远不再回来。

宝，我是多么想见到你，这愿望仅仅是一个稍纵即逝的梦，而这个梦却逝而复生。逝逝，生生，循环往复。

宝，你一个小小的女儿身，却像一个男儿，背负着我如山似水的诗文。

宝，你从我的肩膀滑下，攀到妈妈的怀里，就是想充当我的信使，告诉你妈妈我对她的挚爱吗？

宝，这一刻，你却跨越了两年，你的小花鞋踩着鸡冠子，你的红手套抚摩狗耳朵。

宝，你知道鸡犬泪交流吗？你恰恰跨在一个很危险的深壑中，黢黑黑的，等你沉陷。

宝，我在用贫瘠和哀伤拼凑你甜美的、润泽的笑脸。可你在无声地轻轻地蹦着、跳着，挥着小手。

宝，你在妈妈的身体里再次叮嘱妈妈："妈妈，记住我的爱。妈妈，记住爸爸的爱。"

妈妈在惋惜和疼痛中，泪水纵横，一声抽噎，一声哀叹，跟你告别："小九，来生见。"

爸爸也对小九说："小九，爸爸愧对你妈，对不起你。小九，来生见。"

初春，梦中，小九向我跑来。对我说："爸爸，小九没有离开你们，我就在这个春天里，你和妈妈来找我啊！我是你们的回忆，是你们彼此深深的挚爱啊！"

好棵，好梦

今年清明那场纷纷扬扬的飘雪，让万物的生长有了瞬息的停顿，继而放缓了长大及壮实的速度，放慢了蹦蹦跳跳的节奏，几乎所有的翠绿都延迟了铺天盖地的写实与渲染。山山水水、田间地头、道旁桥边、街巷庭院的万千花开也不例外，都错后了绽放的时日。

暮春的一个周末，晴空瓦蓝、丽日彤红、轻风吟哦、柔云曼舞。

我和之山、文平、树娟、凤艳去俫城，参加冀东新闻"好棵杯"文学、摄影大赛的启动仪式。俫城，是滦南的县城，在燕山之南，渤海之北，凤凰城之东，秦皇岛之西，滦河之末端。我们的目的地是一个樱桃园，它有一个好听的叫法：杰地丰华，属于农业生态发展范畴。公司有一个耐人寻味的名字，叫"好棵"。俗话说，樱桃好吃树难栽，到了这里，可谓是樱桃好吃树好栽了。

樱桃园的大门口，有几株桃花开得馨香烂漫，像一张张风情各异的笑脸，亲热地和我们打着招呼，欢迎我们的到来。放眼望去，园子广阔，一棵棵樱桃树在春光里抖擞精神，枝干上长满嫩绿的芽孢，片片生机启发着我们的想象。

想起那圆润、红艳、甜香、爽口的大樱桃，我们的心仿佛飞舞的蝴蝶，有了芬芳的憧憬，也滋生出甘美的渴望，恰如蜜蜂的嗡嗡声，让恬淡、宁静的心绪在安然中高昂。

一位面庞黧黑、身着草绿色工装的老者从园中走来。脸上的皱纹犹如新翻土壤的道道犁痕，也像有筋有骨、长势强劲并紧紧地拥抱着泥土的青草一样杂乱，而这青草是有生命力的，因为它展示着老者盈盈的笑意。文平主动上前攀谈，眼中闪烁着探寻。老者姓靳，年逾花甲。我们从老者裤子上的土和鞋子上的泥，推断他是一位守园人，我们亲切地称他为"靳师傅"或"老靳"。他那诚恳的面容和灿烂的笑容，让我们初逢就觉得他朴实可亲。

老靳说："你们可是樱桃园今天的第一批客人啊，来得忒早，一路辛苦啦！"树娟接话："靳师傅，我有一个问题想请教，就是侇城的由来。我们从百度中了解，侇城是元代大将那颜侇盏在此囤积粮草而得名，我们总觉得这个说法过于简单平淡，想听听你的见解。"

老靳依然乐呵呵地说："知道侇字的写法吧，一个人字加上一个奔字，所以说侇城是一个人人向往奔走而来的地方，包括你们的激情而至。"

凤艳当即和老靳合影，这是为老靳的解释点赞。

老靳接着说："侇城不仅美丽，还被一条弯弯的月亮河簇拥着。滦河很久以前是在侇城入渤海湾的，逐渐形成冲积平原后改在乐亭入海了。月亮河，是一条在冲积平原上没有上游的小河，河底布满众多的泉眼，清澈的泉水汩汩地涌出，给月亮河增添了独特的柔美。河水是甘甜的。"树娟插言："月亮河的泉水是不是通过滦河在地下渗透的呢？"老靳点头，又讲："这方水土，可以说土质肥沃，水质甜润。月亮河之南，是花生的摇篮；月亮河之北，是稻米的故乡；月亮河里的鲤鱼，鲜美称绝。"

大家在老靳磁石般的话语中，兴奋地走进防雨棚内的樱桃园。

樱桃花正在优雅地怒放，一簇簇，让白雪忧愁，拥着花蕊，谛听枝干里春潮的韵律。一瓣瓣，比梨花娇羞，念着相思，凝视枝头上春光的柔媚。成堆或成串的花枝白得如荼，让人们无限遐想：仲夏前的樱桃，一定红得如火。我们在樱桃园里拍下了花的美艳和人的喜悦，花的淡雅宁静能使人不由分说地跃动，足以说明我们已情不自禁地被樱桃花的妩媚至极所陶醉。之山兄是水城电视台新闻部主任，资深记者，在静默中，他一边听老靳的言谈，一边赏园内景致。从老靳的憨实的举止和慈和的目光中，他好像在寻找什么；从老靳的话语中，他在捕捉弦外之音。

之山兄问起我们大家都关心的话题："靳师傅，好棵，对于当地农业生态发展意味着什么？"

老靳一脸凝重的神情："意味着什么？用老百姓的话说，吃着放心，吃着舒心。好棵，就是棵好，棵棵好。从一棵好苗，经历好的成长，成为一棵好树，到结出好果。这里需要什么呢？"

他环视大家，目光坚毅。提高了声音："需要好梦，需要好心。好梦是理想，好心是爱心。心是啥？是胸怀。人的胸怀比天高，比海阔。可天能让人的胸怀高远，海能使人的胸襟宽广。劳动者，面地背天，这是踏实。也面天背地，那是向往。好棵人，有渤海之广大，有燕山之巍峨，有滦河之润泽，好棵人的心，才拥有了求实拓新，宽广坚韧。"

老靳轻抚了一下花瓣，放松了表情："何为生态呢？生态是健康、是和谐、是美好。好棵的生态，从选果苗就得下功夫，当初因选苗木不慎，造成了很大的损失，又补进了近万元的苗木。后续的培育管理，更为重要。首先要让土地壮起来，好棵从周边牛场拉来牛粪洒满樱桃园，用大犁深深翻掘，土松了，地软了，土地不仅活泛，也肥实多了。"

老靳弯下腰，随手从地上薅起一把绿生生的草说："好棵的园区是不锄草的，让园区长满草。草可以遮挡烈日对土壤的烤灼，降低地表温度，湿润土壤，还能有效地吸收土壤中残存农药的化学毒素。草根可以疏松土壤，消除板块，草丛中可以提供有益菌和虫害天敌的环境。好棵一年需要几次人工割草，放在地里沤肥，增加土壤的有机质。前年，林下养殖了几百只大白鹅，草喂养了鹅，不用再人工割草，鹅食用了鲜嫩的草又造了肥。地里的蚯蚓也越来越多，让土壤变得松软吐香。这样，土地肥沃了，成本却降低了。"

老靳停顿了一会儿，说："你们一定关心果树打农药的问题，是不是啊？"我们会心一笑，点头表示"当然"。

老靳诙谐地说："果树得打农药，少打，但严禁化学农药，可以使用矿物和生物农药。好棵主要在春季果树萌芽期打一遍石硫合剂，起杀菌防虫作用。"

"你们看，"老靳用手指点着说，"那是杀虫灯，这是黏虫板，主要用它们诱杀成虫，减少虫害发生。好棵人也有包容心，允许少量害虫与天敌共生。"

我想：人与自然的和谐，离不开慈悲的心。

凤艳要我们和老靳合影，我们簇拥着老靳，把美丽的樱桃花和我们的微笑投向聚焦我们快乐时光的镜头。凤艳问："靳师傅，听说好棵的樱桃在北京各大超市都闪亮登场了，还颇受欢迎？"

老靳瞧着凤艳，谦虚也自豪："不仅在北京亮相，也走进了秦皇岛、唐山、天津的市场，基本覆盖京津唐地区，而且销售得很好。"

老靳抬起目光："好棵的颗颗樱桃，都是火焰，点燃并照亮我们的希望。红艳艳的樱桃象征着好棵人温润无瑕的心，我们伟大的首都能不接纳和欢迎它甜美的微笑吗？"

我们大家不约而同地鼓起了掌，用真诚的微笑，向这个好棵的守园人致敬。

老靳挥着手笑，须臾，有了感叹："这樱桃花多像一个个梦啊！我是十几年前在威海的一个亲戚家认识樱桃的，一颗颗红润黑亮，像珍珠宝石一样美，深深地吸引了我，像一颗颗温暖的心感动了我。我的一生干过很多行业，没想到在耳顺之年，我和樱桃结缘了。"

文平诗意澎湃，高呼："桃之夭夭，灼灼其华。"凤艳接语：

"桃之夭夭，有蕡其实。"树娟继续："桃之夭夭，其叶蓁蓁。"
之山兄感言："这诗经一叹三千年，不止赞的是桃花，也是好棵
樱桃花的真实写照啊。"

老靳的手机响了，他接完后对我们说："仪式要开始了，大
家请！"我们离开老靳，但他的声音没有离去。

樱桃花的深处，传来老靳的独白："人的一生是曲折而漫长的，
要历经无数次磨炼，感悟不同阶段的路径，从稚嫩到成熟，不断
地幻想着，努力地追逐着，但我们的心，就像夏季里雨中的红樱桃，
虽小，依然感受到日月山川的深情厚谊，痴痴地眷恋土地，亦能
悠悠地放逐流水，在岁月的牧歌中是柔软的，也是坚韧的。"

仪式在隆重而热烈声中开始，当主持人说"有请好棵的创始人"
时，老靳面带微笑稳稳地走上台，走近话筒。他还是穿着草绿色
的工装，裤子上有土，鞋上有泥。

文平愕然："老靳？"树娟、凤艳只顾鼓掌，之山兄在笑。
我想对老靳说：靳师傅，你有一颗柔软而坚韧的心，像好棵的红
樱桃。

乡村礼赞

清晨序曲

从水城出发，斑斓的心情沿着绸缎般的滦河溯流而上。

我们去游览美丽的绿道，攀巍峨的燕山，登千古长城。

乡村在黎明里，恬静而安详，宛然在水墨画中若隐若现。

芬芳的气息，丝丝缕缕，一丝湿凉，一缕温润。由岸边和田地扑来，无色地浸染心情，无声地沁人心脾。

一粒粒露珠铺开了片片的银亮，辉映着层层的赤橙黄绿青蓝紫。

此时的乡村，已在金灿灿的秋天里大红大紫，模样变得愈发端庄俊秀。

红彤彤的太阳升起来，同长城的雉堞一起露出笑脸。

太阳大放流光，山川身披霞彩。

太阳当船，驶向蓝莹莹的清波中；白云作岛，浮现出簇新的天光云影。

没有听到燕山与滦河的情话，哪怕简约的对白，抑或悄语，只有温情的静默。

但在它们一俯一仰彼此的注视中，知道这一山一水手手相环的紧密，心心相印的情怀。

闻鸡起舞，美丽的乡村淡抹而出。

绿道前奏曲

一路上，黑亮亮的柏油路高擎起赤焰焰的火炬树，既是向导，也是风景这边独好的见证。

行至苏家沟村，村北的水库早已落满了霞光，波光粼粼，水光潋滟。太阳映照着"瑞阳农业生态产业大观园"。园内的作物无论是奇丽还是大众，不管是珍异还是普通，都娇艳欲滴，生机勃勃，且花果飘香。

距离绿道渐行渐近，心情畅快，且走且看。山壑塑造了山冈，山谷趋向山脊，遥望着山峰。

转过半坡黄澄澄的谷子田，便是半环绕的玉米地。玉米的秧叶不再挺拔青绿，原来秀气的黄胡须、红胡须各自粘成一团，枯萎了许多，但玉米却肥大丰腴，豁然袒露着胸膛，开怀大笑。

哗啦啦的一条溪流涌出，澄澈、莹亮，淙淙欢唱。

水中倒映着村落的一隅，房屋、院落、树林和自由徜徉的云霞。

我们驻足观赏，满眼皆是茶井沟村凝聚江南水乡民居风格、展现青砖灰瓦的新院落和淡白色的炊烟。

村子的大门是仿古的木质结构，精巧中沉淀国学艺术，古风里升华当代民意。

大门既是村子的门户，也是美丽乡村标志性的奇观。

古井、古碾、古磨、古茶树，古色馨香。

新路、新墙、新居、新文化，欣欣向荣。

这些看点，古物与新生，对照鲜明，让人们勿忘历史，不改初心，承担使命，继续前行。

当村办企业——多轮香包厂的大门徐徐打开，员工们已来上班。

哞——哞——村外的不远处传来阵阵牛叫声，瞬间觉得亲和自然，暖流涌动。

在山洼的僻静处，一个林下散养鸡的场院里，大公鸡和老母鸡各自鸽食，公鸡昂扬，母鸡俯首，咯咯的叫唤声传递着快乐吉祥。

有众多泉水在这里汇聚。村子西北处的地势是一个较大的山坳，泉水在此形成了雅致的湖，村人称之为万宝湖。

湖水有时荡着清凌凌的白，有时漾起碧汪汪的绿，此时，却是一派湛蓝的景象。

而村子在柿子树的掩映下，红艳艳的一片，每个柿子红得像小灯笼，连接着整个村落，延伸到山谷，铺展至山坡。

乡村奏鸣曲

我们来到了绿道，雀跃欢呼："绿道，你好！"

绿道西端是长城脚下的红峪口村，崭新整洁的村子，小桥流水，群山环抱。

这是一个花儿艳、草儿美、河清清、树挺挺、水果鲜、药材全的百岁长寿村。

好美丽的房子！多漂亮的院子！你会不由自主地夸赞。

哎，看这墙和门楼充满了诗意！啊，瞧那街渠和桥像在画境！

桥西的房顶紫红亮丽，桥东的屋瓦橙黄明艳。桥南的柳树旁灰瓦青砖情趣别致，桥北的杨树下老石旧木饱含苦乐。

村史馆、民俗馆、记忆馆，沉静往昔的岁月。

唱村歌、跳舞蹈、扭秧歌，追求幸福的生活。

一幅幅美妙的街景与流水两侧蓝灰白缝的长城墙构成了俊逸宽舒的乡村图画。

村子北坡的红峪山庄内，一座黄顶红墙的寺庙甚是恢宏庄严，与裸露在山岩之上被涂了金色的自然形成的佛祖像浑然天成，瑰丽祥和。

游人部落里的小木屋显得格外精巧，怀旧茅草房别致之余又平添了浓郁的浪漫气息。游人至此，老人和蔼可敬，孩子快乐可爱，情侣亲昵可心。

是啊，看到这里，仿佛村里的一花、一草，一木、一石都充满着善意和希望，一黍、一粟、一碾、一磨也都讲述着朴实和勤劳。即便是街头、巷尾，也都指引着梦想和爱，哪怕是老屋、古松，也都彰显着喜悦与情。

想至此，有些心猿意马，情致飞腾，忽略了其他。一棵老迈的枣树正笑吟吟地看着我们，硕大、丰实。大枣粒粒红润，恍若童颜，偶有浅青淡绿，也羞红至极。

真想学少年时攀爬而上，或挥棍敲打，或投石击中。嘘，这不是一个孤独的老者，它的旁侧，还有后面骄傲地站立着它的子孙们，围住了寺庙，在山庄集锦，于庭院扎根。

绿道协奏曲

在燕山余脉，站在长城上，极目远眺。碧空下，阳光灿烂，秋天的田野上，红、绿、黄呈现缤纷的主色调。

滦河，白晃晃的，近似乳色。像长袖飘舞，如长绢柔美。可比长衫罩着粗犷豪迈，也喻长裙裹着细腻典雅，却是长水吟咏，却如长川放歌。

我们祖辈的智慧和汗水赋予了长城伟大的生命。

我眼前的母亲河和畦田下黑油油的肥沃土地塑造了长城坚硬而又厚重的方砖。

千万块方砖宛如千万朵雪花，在燕山的雄风中飞旋，凝集成铭记历史标志、民族魂魄的铁骨脊梁。

燕山的儿女淳朴仁爱，滦河的子孙智略卓越。挥舞自强，牢记信念，共同演奏雄浑且震撼心灵的美丽乡村交响曲。

长城绿道是最为铿锵、古朴、隽永的乐章。

秀美的绿道既是长城的倩影，也是长城放飞向往与梦想的驿道，更是一个五彩缤纷的大花圃，每一个乡村都是一朵绽放的奇葩，争相斗艳，飘溢芳香。

长城成就了绿道的梦想，绿道描绘了长城的故乡。

绿道带着执着，蜿蜒出乡村的婉丽；携着理想，起伏着乡村的悠扬；捧着爱心，跌宕起乡村的曼妙。

绿道恰似长城的一条精美项链，美丽乡村就是缀满绿道熠熠生辉的珍珠。

乡村圆舞曲

走在年轻而丰饶的绿道上，望着映入眼帘曾经青翠的山峦，记忆中浮现出史明星书记的音容笑貌，亲切、朴实，略有几分憨态。一颗"百姓不富，我心不安"的艰苦奋斗、无私奉献的心，带领民众将石梯子沟村水塘的碧波引到山梁，把漫山遍野的桃花染成红霞，就连累累硕果也韵致红艳。

替百姓担当，为民众付出。青山铭刻，绿水铭记，花木铭心。

思绪延伸，拓展。

或舞，像蝴蝶在丰茂秀丽的灵山、挂云峰、山叶口、塔寺峪风景区翩翩起舞。

或扬，似蜜蜂在安新庄村新石器时代遗址的石器、陶器、骨器上，采集仰韶文化和红山文化的信息，还要问询轩辕黄帝当年刀耕火种的生命体验。

呼啦啦的秋风送来了清爽，吹起心情的涟漪，鼓起了满怀的激情。

近于晌午，太阳正盛，金风和暖。清莹的白羊河波澜轻涌，为山景的倒影和倒映的云天念诵相守到老的誓言。两岸蓝灰色的长城墙与侧柏、油松、绿柳和金煌煌的白杨树，也正忙碌着给泛舟的情侣布置相爱一生的绚丽场景。

戚继光总兵镇守的白羊关，如今变成了美丽的白羊峪村。

白羊关在万里关山中享有"水陆双关"的美誉，长城数千米的鸡血红大理石基座更让白羊关获得"独有"的盛名。还有近几年陆续开发的"七松登高""九龙戏珠""绵羊泉""药王庙""水泉寺""旱龟断流""凤落梧桐"等景观，都已成了绝佳的胜境。白羊峪村成了远近闻名、名副其实可观光、游乐、采摘、度假的著名乡村。

回想春天，白羊峪村的东坡田和西岭地梨花怒放若雪，片片洁白，花香馥馥。

举头送目，环视东坡、西岭，两田地的梨树，青葱葱上闪烁着黄灿灿，青是叶，黄是果。

东坡上，金装弥勒大佛，在葱葱叶、灿灿果中陶然朗笑。

西岭下，正午的阳光直接拍摄十月里梨树的成果，药王庙在一片淡绿浓黄中传出舒心悦耳的诵经声。

走进同白羊河顺势而成的村落，河两岸，同样俊雅的农家院，有瓦房，有楼房。饭庄、旅馆、娱乐场、休闲园，一家挨一家，井然有序。

农家院的厨房宽敞、明亮、整洁、温馨。乡村的洗手间不仅干净、舒适，还进行了硬化、亮化、绿化、美化改造工程。乡村的变化，真让人叹为观止啊！

心情澎湃！匆忙间，总会有些疏漏。

一簇簇火红而润泽的山楂树就在近旁，已是绿瘦红肥。在院子里、园子里、路边、街旁、山坡上，果子像一张张涨红而贴紧的脸，也像停泊的火烧云。

乡村进行曲

有句谚语说得好：马井子葡萄，白羊峪的梨，娄子山的稻米最珍奇。

水库堤坝上，"娄子山"三个大字赫然在目。

20世纪70年代初，为修建水库，千辆小推车穿梭、万人挥锹执镐，喊声阵阵、红旗飘飘、歌声嘹亮的热闹场面，如今，只有在传说中得以构想。娄子山村人，却在现实中因势利导，开垦出千亩稻田。

远望，金黄色的稻田犹如橘黄的湖泊，微风过后，稻浪翻腾。

近觑，稻穗籽实粒饱，在午后的斜阳下，飘散着喜人的稻香。

一阵阵农作物的香甜飘过，心底又滋生出另一番农家庭院植物的奇香。

我们来到了白道子村——一个极具乡村特色的"香椿小镇"。

村里家家户户的院里院外、街前街后都生长着大大小小的香椿树。此时，室外的香椿叶虽然已经走过了娇嫩的季节，但人们依然能感受到初春时节香椿树嫩绿茂密、清香扑鼻的景况。

不要担心，香椿不会错过你的相约，它在欢迎你的到来。

一袋袋、一盒盒保鲜的香椿正在村里的农产品展示室里赞美着青春岁月。让你瞠目结舌或者惊喜万分的是，新鲜的香椿在这里悄悄地散着浓香。

要问浓香何处来？请到村西香椿种植基地去观赏！

在香椿园陶醉后，沿着北坡的小路踽踽行走。

层层石砌的梯田工致规整，几条如梯子般顺直的山路把梯田上下贯通。山梯园，妙哉！

纵观全园，果树可谓是种类繁多，数不胜数。红苹果依然迎风招展，迎客而笑。百果园，美哉！

白道子生态湖，在村东静美，属于白羊河流域。湖的四周树木茂盛，湖水澄碧。鱼儿跳，虾儿游。船儿荡，歌儿唱。好一派怡然自得的山水风情。

无意间的一瞥，村南的一片棉花地里，几位身穿浅绿深红、青蓝淡紫的女子在捡拾棉花。

白花花的棉花，是凝结的白皑皑的香雪，是停歇的白净净的云朵，是庄重的白柔柔的柳絮。

女子拾棉是赞美秋，听雪是等候冬，舞云是回想夏，捧絮是思念春。

女子摘棉花入怀，时而为雪，时而为云，时而为絮，恍若下凡的仙子。如此氛围，这般境域，真不知身在何处，是人间还是天上？

乡村叙事曲

如果把长城比喻为一个历尽沧桑的男人，那么，绿道就是恋着他的俊俏的女人。而近旁美丽的乡村就是永不凋谢的花环，围绕着青山绿水、真心相爱的人载歌载舞。

一路走来，沿途的景致与情状，不得不让我们沉思：是谁创造了乡村如此朴实而芬芳的大美呢？

不难发现，是好政策、带头人、党员、民众，在美丽的乡村形成了坚固的战斗堡垒。

有人策划，有人规划，有人实施。有人筑坝修塘，有人建厨改厕，有人护林剪枝。

这里，没有白衬衣、蓝制服、灰褂袄的区分，都在混着泥水的草帽下挥汗如雨，相挽相携，开创乡村最美好的前景。

凝思后，望斜阳，逐秋风，胸敞亮。

天蓝蓝，水长长，路漫漫，心洋洋。

山风送来甜丝丝的气味，不是蛋糕店腻腻的感觉，是豁然开朗的那种清爽。

果园村的果园以开放的姿态展示诚意，宾至如归。

洪杨采摘园已具规模，不仅有葡萄园，还有核桃加工基地。

北冷口村，既是长城边关的古驿，又是满族人的故乡。尤其街墙、院墙让人眼前一亮，采用清朝宫服刺绣的云图式样做成琉璃墙头帽，用青瓦装饰，展现了古村的风貌，领略出满乡的风情。

大唐有一位文治武功的皇帝，又叫唐王。他东征回返，曾在距离北冷口不远的金屯里村安营扎寨，后改为军屯村。

水城边关最险峻的要隘显现出来，史称"冷口关"。历史上另一位赫赫有名的皇帝，人唤"康熙爷"，在传说中随那个朝代的风雪于此出关。只因康熙爷吟叹一句"袭人的冷口难过的关啊！"当时的"清水明月关"改为了"冷口关"。

勿忘历史，1933年3月"长城事变"，日寇从冷口关疯狂进犯。我长城铁军和沿村民众同仇敌忾，在大刀的飞舞、呼啸声中奋勇杀敌，拯救山河。

北冷口村东的田野上，松柏肃立，棵棵青翠。白杨静穆，片片焦黄。

葱郁的草地上，一座铭刻着"抗日英雄纪念碑"七个烫金大字的石碑在这里庄严地昂首挺立。

纪念碑下，掩埋着当年烽火岁月中，热血民众义葬的无数殉国官兵的忠骨。

河流口村，山连山，山势险峻。城套城，山路阡陌，连接着仁爱、血性的村落。

抗日时期，干部群众为掩护八路军转移，村子两次被日寇烧光，但河流口人民不屈不挠，英勇抗争。

十四年的抗战，燕山长城，慷慨悲歌。滦河流域，壮怀激烈。

此时此刻，长城绿道演变成一段历史，或者说是一本教科书。

记恨战争侵略，纪念捐躯先烈。记忆关隘与铠甲，记叙山川与情爱。记载生命的历程，记述生活的感悟。

时光荏苒，白云苍狗。河流口村，天翻地覆。

长城横青山，绿道绕村庄。白云游渠水，花果漫故乡。灰瓦罩红门，青砖砌白墙。家家喜洋洋，人人气昂昂。

春天啊，河流口山花烂漫，小草在长城的剪影中如醉如痴。闻着山野菜的气息，游人如织，歌声、笑声鼎沸，忘却归返。

杏花园、桃花园、梨花园，花花争艳，园园飘香。

夏季呢，香瓜与西瓜比甜，油葵和蜀葵争容。

苹果花招来蝴蝶翩翩起舞，栗树花引来蜜蜂嗡嗡歌唱。

而今秋，村办企业的纯净水厂、曲酒厂、饮料厂、植物油加工厂、针织厂，如五福临门，带领全村奔小康，走上富裕之路。

乡村回旋曲

告别河流口村，将奔向长城绿道最东端的徐流口村。

走在"柏岁路"上，看"幸福山"苍松之青、翠柏之绿。千青、万绿，有起有伏，有深有浅，像定格的碧波，似画中的绿涛。

一阵喜鹊的喳喳声，集来百鸟争鸣。千呼万唤，鸟儿问答。婉转如溪流，啁啾若琴瑟。

千亩果园，分水果和干果两个相通的区域。

水果树，居耕地，姿态婀娜。似女子，千娇百媚。

干果树，驻山场，气势凝重。恰汉子，豪放壮阔。

大片的栗树林，叶子一半枯绿，一半暗红。回想初夏，青绿的栗苞，青黄的栗花，还有馥郁的芬芳，令人陶醉。

果园的场院，深褐色的栗子堆积如丘。农人热情相让，品鲜尝新。黄色的栗仁，在咀嚼中透着香甜。

成群的核桃树，依然绿意盎然，但和香梨一样大小密实的青果已无影无踪了。

果实进了庭院，褪去青衣，露出凹凸疙瘩纹、泥土色的皮肤。

敲碎核桃薄而脆的皮，桃仁依旧是泥土色，形如人的大脑。

这是长城村落最普通的干果，此果，却是"长寿果"。

吃过"长寿果"，嘴有余香，心滋愉悦。转眼间，就来到了"长寿谷"。

"长寿谷"是酸梨树家族十分古老的居住地。"族长"已有三百多岁的树龄，儒雅耸立，葱葱高大，郁郁广阔。紧紧围绕的族类中，树龄超过百岁的就有百余棵，可以说是"万年梨仙谷"。

乾隆皇帝微服私访路过此谷，摘梨解渴，入口酸甜，不禁感慨："愿天下黎民百姓安居乐业。"故封此树为"安梨树"。

甜润、酸涩之余，遥想岁月。

抚今追昔，从皇帝到百姓，要的是安康生活。

当今和谐社会，从小家到国家，讲的是团结奋斗，伟大富强。

乡村狂想曲

太阳渐大、更红。

西边的天际上，一方红云正艳、更羞。

无独有偶，终于到了另一个著名的乡村——"豆香小镇"徐流口村。

近于傍晚的乡村更加美丽柔和。风儿至，垂柳袅娜；风儿止，静若处子。

炊烟升起，净白而袅袅，空气中弥散着甜滋滋的豆香。

村歌舒缓、响亮，在池塘、街巷、庭院袅绕，于青山、绿水、长城上飞翔。

徐流口村也不例外，更多地表现出长城文化和山水特色。

从村子垒砌的长城墙，到每家的院墙、各户的房墙，都是乡韵丰盈的灰白色调。

青砖、灰瓦、石头墙的巧妙搭配和构图,让大街小巷更加雅致、恬适、抒情、靓丽。

大道、宽路用灰色的水泥和黑色的沥青铺筑,小道、窄路拿石板与石子砌成。

绿化树和花花、草草,早就安身立命,喜和风,欢细雨,爱阳光,思月色。舒展了村人的心,抒发了村人的情,疏放了村人的梦。

林木下和花草旁,铺砌了道砖,装嵌着草砖。砖与砖相邻,草与草相连,树与树相接,花与花相依。簇拥着一个个造型优美的路灯,让明亮点燃乡村,用闪耀装饰夜空。

春时能观花,夏日能戏水,秋季能品果,冬天能赏绿。

这是一个多么美丽的乡村啊!

"豆香小镇",豆香飘散、蔓延。只闻豆香入心怀,不知香自何处来?

村里不仅拥有六十六家手工豆片、豆腐制作小作坊,还有三家豆制品加工厂,另有以红薯为原料的粉条加工厂十四家。

产品在当地家喻户晓,深得信赖,并远销京、津、唐及更远的地区。

以"乡伊香"农产品开发公司为龙头,成立了"饮食文化研究会",研发"豆腐宴",丰富了豆香饮食文化内涵。

听了村里一位老书记的讲述,才茅塞顿开,如梦方醒。

仔细看,没有看到烂泥、污水;认真听,没有听到喧嚣、噪声;

使劲闻，没有闻到霉味、臭气。

夕阳西下。想起一首歌。

夕阳，如花盛开，似酒沉醉。

夕阳尽染村里的千年古槐和村外的万里长城。古槐容光焕发，长城神采奕奕。彼此瞩望，相互祝福。

夕阳，给绿水青山补妆，就成了金山银山。九龙水库，浩渺的红霞。森林公园，血染的风采。

歌中说，夕阳是迟到的爱，夕阳是未了的情。

夕阳热爱美丽的乡村，我们的心一如夕阳。

在"知青岁月"的小院，我们深刻体会并理解：乡愁是对故乡的想，乡情是对故乡的爱。

晚霞消失的时候，我们在最后的一抹余晖中，看见罗非鱼在温泉里跳跃、欢腾。

也看到一畦畦嫩绿的麦苗在缥缈的烟岚下苗壮成长。

月光夜曲

将告别绿道时，天已经黑茫茫的，我们的心情沉重起来，馨甜里有点苦涩，欢愉中不忍离去。

我知道每个人的心里都在默默地表白：再见了，绿道。绿道，多保重！

突然，一个娇柔的声音高亢地响起："绿道，我爱你！"

有粗豪的或更多的声音呼应，气氛有了骤然的高潮。

归途，月亮升起来。月光的清辉里，山峦的轮廓依稀可辨，灰蒙蒙的河水泛着跳动的亮光，紫青青的田野和丛林浑然肃穆，仿佛在等候晚风的吹拂。

路过一个村子，灯光都已明亮起来。村子也和绿道的村落一样粲然耀眼，处处生辉。

从心底和脑海里，月色中的绿道和美丽乡村款款而出，栩栩动情。

那里一定是万家灯火，温婉璀璨，安然静好。

燕山沸腾着日月的光芒，长城收藏着历史的雕镂，绿道折射出乡村的美丽，滦河流淌着水城的魅力。

水城的源泉魅力，来自所有乡村的美丽！

我们不得不，也不能不像茅盾先生高声赞美白杨树那样，充满激情、信念与梦想地大声赞誉故乡乡村的美丽，高歌"绿色迁安、魅力水城"之美好未来！

暖

说到暖，我们的心一下子便有了烘烘地跳动，血有了温温地浸润。

初秋的一个上午，阳光安好，白云静美。阳光和白云仿佛化作了如意的暖注入心中，让人感到惬意、舒适。暖有了色彩：安详的金色，浪漫的银色。

我和水城作协的几位同仁陪同汪兆骞、甘铁生、郭雪波、顾建平四位先生将走进河北鑫达集团进行创作采风。

一路上，气氛轻松而欢快。当车行驶在滦河大桥上的时候，作家兼记者刘长虹给几位老作家介绍着滦河的水质和黄台湖的俊美。老作家们望着波光粼粼的湖水，一边聆听，一边询问。

秋高气爽，澄澈的湖水也变得安静了许多，清凌凌的水荡漾着蓝莹莹的天，淡绿的湖色已经趋向圣洁的湖蓝，湖光泛动着一片祥和的天色。

长虹的一番讲解和桥边的景色让大家露出了舒爽的笑容。汪老的目光是安然的，是暖的，那暖犹如两只蝴蝶悠然地飞舞。长虹在与汪老温和的目光对接中，懂得汪老眼中的暖是对水城环境的认可。

此时，向北遥望，燕山赫赫巍然，就连长城起伏的轮廓也清晰可见，我突然觉得这是燕山对滦河的一种守望，是长城对水城的一种牵挂。无论是守望，还是牵挂，都有一种叫"暖"的东西在驻守，在坚持。暖是朴实的，它或许在流动，或许在凝结。它好像是齿轮与齿轮间的润滑剂，它静静地呵护，也由衷地跟随。

甘老一改温和，敛起笑意，摆出满脸的严肃。当下要和长虹互换角色，他做记者，采访长虹，并要求她回答问题必须真实准确。

"钢铁业是水城迁安的支柱产业，如何发展它的绿色并保持其独有的魅力呢？"甘老铁着脸问。

长虹从容依旧，微笑依然。面对甘老，他说："首先是转型，压缩钢铁产能，完成由量到质、由粗到精的转变过程。再者是向节能减排要效益，发展循环经济。

"关键是钢铁是有心的，它有一颗勇敢的心，温柔的心。关乎水城人的情怀和每个人的心，心与心循环着巨大的隆重的暖。"长虹似自言自语。甘老蹙紧的眉头瞬息舒缓开来，露出了和蔼的神情。

老作家郭雪波是内蒙古人，性情耿介，直接发问："长虹，鑫达钢铁的污染治理达标吗？"长虹用手指着不远处的天空，大家顺着手指向的地方望去，一股股洁白的烟气升入天空，恰似淙淙的溪水流入淡蓝的湖泊。

"郭老，我们的眼前就是鑫达钢铁了，这白色的烟气从视觉上不仅达标，而且是对蓝天的一种归心，一次长久、洁净、柔美的访问。"长虹的回答用心用情。

刹那间，我觉得大家用美好的心情搭建了一所大房子，它是敞亮的，温馨的，里面住着酷似母爱但很青春的暖。

是啊，我们将看到鑫达的一切，它的伟岸壮怀，它的坚强厚重，它的信念梦想，它的温情柔顺，还有它软软的暖。

走进鑫达钢铁，这一次，像在家里。

记得几年前困难时期的鑫达，感觉到的是它褴褛沉重，又萎靡困顿，简单的印象是脏、乱、差。

在今年的亲密接触中，鑫达已焕然一新，精气神充盈、旺盛、端庄、飞扬，和过去比，已判若云泥。不仅如此，它更像一位威风凛凛的将军，傲然挺立，阅燕山风云之长卷，抚滦河波浪之琴瑟，举长城信念之旗帜，奏水城华美之乐章。行则步伐铿锵，笑则声音朗朗。驰骋疆场，马腾九州方圆；纵横天地，剑指全球冷暖。

此刻，站在鑫达生产指挥中心硕大的显示屏前，大家心潮澎湃。整个屏幕由几百个小显示屏组成，它们连接着上千个摄像头。指挥中心通过摄像头和显示屏随时掌握和调度料场、车间、工段的生产运营情况。我们如身临其境一样看到了生产车间的现场状况，看到了工人们在岗位上一丝不苟的身姿和热情洋溢的笑脸。

突然记起长虹的话："钢铁是有心的。"我已然觉得鑫达钢铁有一颗博大而火热的心。当下，我们大家仿佛都在谛听它隆隆的脉动、轰轰的血涌，为其勃勃的生气而感动。这颗豪迈而坚强的心相印着上万颗普通劳动者的心，如同喷薄而出的太阳普照着绿油油的万顷禾苗。我默默注视着，心在轻轻地唱：暖是炽的香草，暖是热的花朵，暖是爱的双桨，暖是情的航舱。

在中控室，顾建平老师——这位当年的高考状元仔细地核对着粉尘和二氧化硫的数据是否超标，结果是满意的。数据表明了环保设施的正常使用，也表明了一颗颗暖的心支配着一个个责任。责任之中，一次暖的遵守，一次暖的执行，一次暖的维修，一次暖的钻研，却如花儿一样盛开，暖得美艳，暖得芬芳。

赶巧的是，大家在炼铁车间遇到高炉正在出铁，红艳艳的铁水如岩浆一样喷涌而出，沿着密闭的铁水槽蜿蜒冲击，直接落入铁水包中。我们想象着铁水沿着铁水槽宛转成一条赤红的曲线，如一条火绳穿越了大家的心。心被点燃，最明亮的便是暖。炉前工人们的脸显出橙红色，与铁水的通红，一同融入了我们绚烂如朝霞般的心境。觉醒间，暖是翅膀，载着梦想，飞向未来。

厂区如同生活区，得到了更完善的硬化、亮化、绿化和美化。在烧结厂与料棚的一条道路中，一排绿树前一条近百米的文化长廊让我们驻足观赏。二十四孝图文并茂，唤醒人性的善举；爱岗敬业的好人好事感人肺腑，引发员工对工作的热爱，对企业的高度负责；文学天地四季花开，艺术之窗常春藤绕，真实里透视俊逸之美，质朴中闪烁灵秀之光。立足本土和基层的创作，是讴歌也经过洗礼，是锻造也经过熔炼。脑海飞舞着无数点星火，那星火跳跃成无数颗心，心又翻腾成无数处暖。暖纷纷扬扬，来拥抱我们，我们的心亦拥抱着暖。

当一团云絮天空飘过，转炉车间的外墙上书写的"诚信办企，实在做人"白色大字跃入眼帘，这是企业精神，做人原则。云是动的，字是静的。恍然发现，字犹若云，开始跃然而动，白字与白云共舞一色，在每一位鑫达人用红彤彤的心构筑的长空齐飞。

从厂区通往生活区的道路上方，悬挂着"以实业报国，创百年强企"的红色横幅，这赫然醒目的标语口号，已成为鑫达人新的理念和新的梦想，激荡并鼓舞着鑫达人的每一颗赤子之心。理念如红红的太阳，梦想似蓝蓝的天空，鑫达人要的是美丽吉祥的艳阳天。追寻者在路上遇到的狂风和暴雨终将会升起绚丽的彩虹，那彩虹是追寻者勇敢的心描绘的七色的暖。

临近吃午饭的时候，几位老作家一致向鑫达的王爱军主任提出要求，午餐要在食堂和职工一起吃。淳朴明快的爱军斩断犹豫与无奈后，欣然应允。一旁站立的文化科长潘宝海是一位敦厚扎实、年富力强的小伙子，厂区的一路陪伴可以说周到热情、敏锐有度。听到老作家们和工人们一起吃饭，他激动地跳了起来，高兴地说："好多人就盼着这样的时刻，面对面地请教，心对心地倾谈。"

此时的宝海情不自禁，又开始了他的讲述：守正笃实，久久为功的王俊星；争创一流，风采动人的天车高手沈洁；不负匠心本色，乐守工匠精神的扬继宗；勤恳做事，勇于担当的徐尚田。宝海滔滔不绝，如行云流水，亲和、自然。那么多好人，是奔腾的铁流；那么多好事，是灿烂的钢花。卓越，是鑫达人的品质。

感动，是鑫达人的情暖。

午餐的交流中，鑫达的美编周小翠说："我们鑫达的企业报办得好。它就像璀璨的夜空，每一位鑫达人就是镶嵌在夜空的星子，它闪烁在视野中，却暖在心田里。"

顾建平老师点头赞同，也是对鑫达人拼搏奉献精神的嘉许。

归来的途中，斜阳已开始眷顾我们，车里涂满了初浅的枫叶红。

长虹开始讲话，笑吟吟地问："雪波老师，对鑫达的印象如何？"雪波老师大声说："好！我刚才还在想它的雾炮机、雾炮车消除粉尘太神奇了。"甘老不等长虹追问便主动发言："鑫达人了不起啊！上上下下，有骨气，有担当，有热爱，有梦想。"汪老接言："'以实业报国，创百年强企'是多么好的理念啊！"顾建平老师像在收场："鑫达壮阔而宏大，它的明天会更好。"

大家沉浸在静默的时光里，像在听一曲古典音乐，赏一件精美的瓷器，或享受丝绸的质感。有人赞道："水城真美！"大家的心境从刚才的沉静移向另一处景致。我向窗外望去，车已在滦河大桥上了。落日红红的、大大的、圆圆的，把近近远远的云彩染成了红霞。滦河婀娜，黄台湖妩媚，它们用全部的清澈和温柔复制了落日无限美好的盛况。

漫天的霞光和映在水里的彤云燃烧着一片一片的暖，暖是深秋里火炬树的红艳，这热烈的红艳象征着娇娆和媚美，燃烧着我们暖的心，燃烧着鑫达人暖的梦，燃烧着水城人暖的情。

父亲的秋天

将近傍晚的时候，我走进了老家的院落。

太阳的余晖静静地跑上了村西的山丘，又悄悄地攀上院外的杨柳，然后穿过枝枝叶叶的罅隙，从不同的地方小心翼翼地跳进了院子。踢踢锃亮的锹头，摸摸光滑的镐把，试试镰刀的锋利，最后才亲亲热热地拥抱着菜园子里翠生生的萝卜和白菜。

耄耋之年的父亲弓着身子站在菜园边，正痴痴地望着菜地。看见我进院时，他有些吃力地挪动了两步。我看到父亲用颤颤的目光缓缓地从菜园里端起绿生生的喜悦，连同温煦的霞光，放到我的心坎上。

晚秋的风，微微的，偶尔吹来拂去，并无凉意，却在我和父亲之间传递着季节变化的沧桑所蕴含的浅愁。豆角秧、葫芦秧的残绿在夕阳下光影斑驳，逐渐枯黄的树叶抖动着，在红霞中陆离闪烁。尽管父亲近九十岁的身体有些步履维艰，苍老无声地呼哧，褶皱默默地喘息，就像这秋末的晚景，长吁萧条，短叹凋萎，可晚霞中萝卜和白菜的青翠，依然能红润湛绿父亲垂暮之年的心怀。

母亲已然拄杖了，但仍坚持行走，屋里屋外忙个不停，和父亲一起准备晚饭。

我问母亲："二妗子怎么没来做饭？"母亲说："你二妗子去儿子那里几天，我和你爹能做饭呢。"

二妗子是本村的远房亲戚，人干净利落，很有爱心，请来给父母当保姆。

母亲知道我晚上住在家里，便让父亲准备柴火做饭，不使用液化气和电饭煲，好把火炕烧热，祛除秋夜里的湿凉。

父亲去当院取柴火时，我跟了出去。没有让父亲拿柴火，我将软柴火装进一个小篓子，用左肩斜背着，右臂又夹抱着一捆硬柴火。所谓软柴火，是晒干后的棒子叶、高粱叶、花生秧、树叶和野草。硬柴火是干树枝、树皮、棒子秆和棒子高粱茬子。这些柴火，不管软的还是硬的，都是父亲前几年秋天里慢慢地拾来，一点点地积攒的，然后分类打成小捆，放在墙角的棚子里，码放整齐。

灶膛里的火熊熊燃烧起来，锅里的水也热气蒸腾，母亲的唠叨忽上忽下，忽左忽右，一会儿火旁，一会儿水边。父亲在这热烈的氛围里，似老船悠悠，始终保持沉默，眼角的喜和嘴角的笑，却如双桨荡起的涟漪。

父母的忙碌，像春种，也像秋收。我行于或停在他们身旁，像夏耘，也像冬藏。我用心里的疼爱搀搀母亲，又用眼里的湿润扶扶父亲。

当我再次取柴火时，父亲也跟了出来，正好遇见夕阳红了炊烟，炊烟醉了彩霞。

我突然觉得，父亲像是垂垂老去的、面庞红扑扑的夕阳，我是刚刚升起的、腾腾又亭亭的袅袅炊烟。

在这弱小的，几乎空空的，差不多仅靠老人们留守的村庄，父亲总要比儿子宏大、壮观、悲情。

父亲没有马上和我进屋，而是拐进了菜园子，有些吃力地用镰刀砍倒一棵白菜。我放下柴火快步走向父亲，接过白菜，和父亲相挨着行走，小时候的一幕幕情景，在父亲的蹀躞中徐徐映现：一年秋天，我还没有上学，和父亲去生产队里收白菜。我看见一棵白菜又高又大，想拔出来，却有几分怯懦，父亲鼓励我，可我无从下手。后来父亲让我两腿叉开坐在白菜旁，两条胳膊死死地搂住白菜，父亲为我喊一二三，我两眼一闭，两臂使劲往怀里带，白菜终于拔出来了。我仰躺在地上，白菜压在我胸口上，我紧紧地搂着大白菜。当我睁开眼睛，天空瓦蓝，白云正恣情欢笑。

还有大地震那年秋天，我上小学四年级，生产队在东山起白薯，我家分了不少。满满的两扁筐白薯上了手推车，足足有三百多斤。父亲推车，我拉纤。路都是扭七拐八的沙土道，推空车都费劲，何况载重物？拉纤很重要。在快接近村口的最后一个陡坡时，我脱掉鞋子，学着父亲的样子，在左右手上啐了几口唾沫，纤绳压在左肩，左手在胸前拽住绳头，右手在身后抓紧绳身，低头弓背，嘴里呀呀地喊叫着，用力向前。拉上坡顶，我一个趔趄扑到地上，纤绳的木头钩子劈开了。我趴在地上一动不动，地上的沙土温热得舒服，一只蚂蚁在眼前，叼着一粒比它大几倍的粮食，正翻越一道道车辙。父亲放下手推车慌忙跑到跟前，喊着我的乳名："久儿，久儿！"并扳起我的身体。我冲父亲一笑，父亲脸上紧张的神情放松了，随手把我脸上的沙土摩挲干净。

晚霞走了，炊烟散了，星星来了，蛐蛐唱了。

我和父母吃了一顿热乎乎的面条煮饺子，还有白菜熬细粉。饺子是二妗子临走前包好的，放到冰箱冷藏，着忙时吃着方便。

月亮从东山一番打扮后，左顾右盼，最终欣然跃出。望月，又圆又亮，月色如纱若水，朦胧中的绿色罩上了厚实的灰暗，窗子的灯光在清辉中有了慵懒的倦意，不再像黢黑夜里的坚守那么明亮。庭院变作了小船，在星河岸边和万顷月光湖中悠然自得。村庄寂静下来，田野阒然无声。只有几声短促的犬吠和断断续续的蟋蟀声叫起，冲撞着夜晚的沉寂。乡村瞬间的哗然和游丝般的低吟，构成山村夜话的短句长歌。

看过水城新闻，母亲就关闭了超薄大彩电。热滋滋的火炕让沾了凉且疲惫的身体松弛下来，添了娇气，像幼儿回到了母亲的怀抱亲昵耍赖，可爱得不依不饶。烫烫的感觉真好，我也有了叹息表明惬意，代替了父亲往昔的长叹。此时的父亲是沉默的，昏花的目光，却流露出介于橘红的灯光与乳色的月光之间的喜色。

母亲早把新的铺盖放在炕头让我睡，我让父亲睡，父亲执意不肯。

母亲说："你爹在炕头睡不着，习惯了。"我想，小的时候都是我们兄弟姐妹睡炕头，炕头热乎，父母不舍得睡。灯的开关在炕头墙上，我可以掌控，关闭的一瞬，屋里黑魆魆的，母亲挪过身子给我押扯被角。

月光有些踊跃，一眨眼的工夫就铺满了整个窗口，将屋里的漆黑清扫干净，又点起了一盏小灯，荧荧而明，释放出蒙蒙的莹亮，恬静而温柔地簇拥在屋子周围，听我们唠嗑。

母亲说："明天走时，带些萝卜白菜回去。"我说："不用，留着家里吃吧。城里的菜不贵，买也方便。"父亲说："我和你妈吃不了，你就拿回去吃吧。"母亲又说："等你姐姐和弟弟回来，给他们也带菜回去。"父亲像自言自语："都吃上家里的菜，就像你们在我们跟前一样，省着我们惦记着呢。"

父亲的话在我的心窝里骤然升温，如炭火燃烧。父亲是想，一家人无论多远，不管在哪，都能通过某种物质或精神将儿女们紧紧地联系在一起，像过去一样，一家人围在一起，团团圆圆。即便是吃一顿饭。

时光如流水，记忆如行舟。我固执得有些狂热。逆水而上，寻觅从前，就像今晚似的，月色溶溶。那时我们姐弟还小，深秋的傍晚，刚吃完饭，满月升起来，父亲就在菜园子的老窖眼挖土打白薯窖。开始先用镐刨，将土松软，再用铁锹铲出。刨一层，铲一层，最终掘成一个长三米、上宽两米、下宽一米五、高两米五倒置的梯形窖坑。

翌日清晨，我们惊奇地发现一个方方正正的大土坑，还有一堆新土，土里可以找到圆圆的土球，有蚯蚓在爬动。土坑的四壁光滑平整，刀切的一般，是父亲一镐一镐旋削的，一锹一锹铲平的。

父亲在月色里挥镐执锹，我们在梦乡痴恋月光。

母亲反复叮嘱，不要到窖边玩耍，小心掉进去，摔坏了身体。父亲去田里忙碌，赶吃早饭前回来了，推了一车已结成捆的秫秸。我问父亲："爹，这秫秸是烧火用的吗？"父亲说："是留给白薯窖作围堰的。"我又指着一个井字形状、用秫秸一根搭一根围起来有一尺多高的东西问："爹，那是干啥用的？"父亲笑着说："那是留作窖口用的。"

白薯窖坑经过秋阳干爽的抚摩，窖壁的潮湿没有了。

月亮又走上了东山，喜悦的样子仿佛载歌载舞。我没有回屋睡觉，要看父亲怎样把窖棚搭起来。父亲将车上的秫秸分成小捆围在窖沿边，在秫秸的四周培上土。一个人要把檩子每隔半米和窖宽平行地横压在秫秸秆上，是很费劲的。我见父亲要搬运檩子上窖，欢欢、跃跃，急忙跑过去抱住檩子的另一头，却怎么也搬不动。

父亲说："久儿，你还小，这里不用你。外面凉了，快进屋去。"我不肯，直到母亲出来要帮父亲抬，父亲也不让母亲动手，我才被母亲连推带扯地拉进屋里。我上了炕，从窗子底下的玻璃看父亲干活。不算两边窖沿，按半米间隔得需要五根檩子。父亲先把梯子横卧在窖上，然后踩着梯子把檩子抱到所躺的位置，又用秫秸做好的窨口固定在窨长一侧的两个檩子中间，再把一捆捆事先准备好的棒子秧覆在檩子上。

月亮几乎升到中天，把院子照得雪亮。父亲开始用那堆新土蒙盖棒子秧，先用铁锹做成四个上窄下宽的梯形坡面，再用木耙把上面和几个侧面搂平，最后用铁锹使劲地拍打。我在母亲的催促和父亲拍打窨土的声音中走进了梦乡。

等到早起，赶忙向窗外观望，一个俊逸规整的白薯窨出现在眼前。寻找父母，却都不在炕上，急忙喊母亲："妈，我爹呢？"母亲在外间灶台旁做饭，软和地应声："你爹一早就去地里起白薯了。"我又问："我爹为啥在晚上打白薯窨呢？"母亲回答："趁着月亮地，亮堂呗。你爹白天有的是活要干，这不，地里的白薯起回家，就得下窨。"

后来几个晚上，父亲借着月光，选白薯、择萝卜入窨。砍好的白菜在暖阳下晾晒后也装进窨里，还有星星点点的酸梨和苹果。我举头望望平房上盛着花生、豆子、高粱等大大小小的粮囤和挂在房檐下的玉米，低头看看窨里的白薯、萝卜和白菜，都是父亲在秋天里收获的果实，总觉得秋天是属于父亲的，父亲掌管着秋天。

如今，父亲老了，干不动了。我知道，父亲眼里的秋天只能在庭院，而心里的秋天却在田野。我也知道，今夜我将拥月光而眠，而父亲母亲会枕着月色，像我小时候一样，听着我的鼾声失眠。我还知道，在明天的朝霞中，父亲会扶着佝偻着身子的母亲望着我出行的背影，晨曦既是我对父母的祝福，也是父母对我的惦念。

入睡之前，我希望能够延缓清晨的到来，我又期盼早上的时光，它连接着过去岁月籽实粒饱的秋光。

我仿佛听到蛐蛐的叫声是对月亮的一种私语：儿女无论在庭院款款，还是在田野匆匆，都是父母金灿灿的秋天。

现在我是父亲的庭院，也是父亲的田野。今夜的梦里，也会月光如洗，我会拥抱着父亲，说："爹，你过去的秋天是为我们收获温饱与欢乐，而今的秋天是为我们收获安康和幸福。"

父亲，晚安！明天我将微笑着把丰盈的金秋呈现给您和母亲。

母亲的背影

每当我读起朱自清先生的《背影》，眼中都有泪水滚动，苦辣酸甜的滋味随心潮荡漾。

我年少的时候，由于家里老的小的人口多，日子过得很拮据，父亲就在外面辛苦务工，经年累月陪伴我们成长的，便只有母亲，以至我长大后，脑海中会常常浮现出母亲的形象，尤为深深铭记而不能忘怀的是母亲的背影。

母亲的背影伴随我不断增添的年岁，从童年长到如今的天命之年。她的背影在岁月的长河里左弯弯、右曲曲，每一次弯曲都在我心里泛起波澜，在我泪流的光影中恍若一只小舟起伏跌宕。母亲的背影历尽了生命的沧桑，印刻着生活的艰辛，从挺秀和壮实渐渐地走向颓然与衰迈。

记得有一年的冬天，在一个寒冷的夜晚，年幼的弟弟突然发起了高烧。当时家里没有任何药物，母亲只能用最古老的方法，用铜钱给弟弟刮背祛火，然后用毛巾敷在额上降温。为了帮弟弟取暖，母亲用火盆笼起一盆炭火，可到了后半夜，屋里的气温还是降到了零度以下，脸盆的水结出厚厚的冰碴。母亲怕冻坏弟弟，就把弟弟用棉被子裹紧实抱在怀里，用脸颊贴着弟弟的额头。母亲就这样弓着背紧紧地抱着弟弟，整整一夜不曾合眼。

等到天亮时，母亲给弟弟穿好衣服，从炕上慢慢扶起，弟弟半跪在炕檐上，母亲弯腰曲背半蹲在炕檐外，不等弟弟攀上她的脊背，母亲反手就把弟弟背起，她要背着弟弟去邻村看赤脚医生。因为本村的女赤脚医生随军去了部队，村里人病了就只能走好几里地去邻村求医看病。所谓看病也就是抓药、打针。

我帮母亲推开门，看到外面冰天雪地，厚厚的积雪把远山、近水、田野、村庄覆盖得严严实实，连爱跳跃、飞蹿和欢叫的麻雀也失去了踪影，白茫茫的早晨，寂静得悄无声息。

弟弟头上戴着帽子，帽带也是系紧的，可母亲还是解开自己的围巾，回身给弟弟围在脸上。

母亲背着弟弟一擦一滑地出了门，我对着母亲踉跄的背影喊："妈——"母亲没有回头，只说："久儿，在家听姐姐们的话。"母亲已走向村外，匆忙奔向通往邻村的路。路已被大雪淹没，只有零散的脚印和一道歪歪斜斜的马车辙印伸向旷野。我追着母亲和弟弟跑到村口，母亲并没有察觉，在我稚嫩的目光中，母亲的背影颠颠颤颤、扭扭斜斜地走进了无边无际的雪地里，一点点地消失在我的视野中。这一幕，在我的记忆里，让我永生难忘！

今年的中秋节，我带着女儿回乡下和父母团圆。快到老家村庄的时候，我让女儿独自开车进村，自己则走下公路，奔向了通往村口的田间小道。

我在阡陌间流连，放眼望去，蓝天寥廓，白云高远。沟渠两旁的杨柳虽然青绿，但已生出了倦意涂抹了浅淡的橘黄，五个小山岽由北向南憨态而酣然地排列着，像我们五个姐弟一般手牵着手，笑看着我们的村庄。而村庄就像母亲，伸出溪流般的手臂，那正是招手呼唤又要搂抱我们的样子。

慈祥、朴实的村庄是躬身的接纳。善良、亲爱的母亲是弯腰的给予。

庄稼地里的谷子、花生、玉米、大豆和高粱，大多已收拾干净，早就进了院落，留下泛黄的茬子依旧恋着土地。

一缕缕充满乡土气息的秋风任性而调皮地抚摸着我的脸颊，像当年少小的我从青青的山冈和绿绿的田地快意地奔跑。

喜鹊由杨树的高枝飞来又从清亮的溪边飞去，那喳喳的叫声敲打着我的听觉。几条粘在一起枯黄的玉米叶子被风掀起，一棵挺挺的透着青色的玉米茬子裸露出来，它愣愣地吸引了我的目光。这一刻，时光仿佛回到了从前，我看到壮年的母亲正在一片已经收割完的玉米地里刨着茬子。

茬子是当年在农村老家烧火做饭非常好用的柴火。

母亲将铁镐高高举起，又用力向脚前的茬子刨去，茬子刨出后，她用镐头将裹住茬子的土坷垃砸碎，然后拿着茬子在镐把上不停地快速敲打，直到茬子根须里的泥土全部抖净，才将茬子晾晒在一边。一棵又一棵茬子被母亲躬身从泥土中刨出来，不一会儿，就在她折身的四周铺成了一大片。

母亲的衣着是陈旧的、简朴的。在飞扬的尘土中，母亲的背影是弯曲、舞动的。

当母亲弯腰躬背在地里刨茬子的时候，我就在地头上哄弟弟。那时，母亲为了不让我和弟弟乱跑乱动，以免被茬子的斜尖伤到，就把弟弟放进柴篓里，让我在一旁看着他。我一边轻摇着柴篓看弟弟笑，一边看母亲干活，听母亲说一些好听的歌谣。

听到喜鹊的叫声，母亲说："黑补丁，白补丁，站在高枝笑盈盈；黑裤子，白褂子，辛辛苦苦一辈子。"我近乎高喊着重复母亲的歌谣，弟弟却在柴篓里着急地哭喊起来。

太阳快落山的时候，晚霞染红了田野，母亲、弟弟和我都被涂抹了红彤彤的颜色。

母亲将晾晒好的茬子一根根装进高大的柴篓里，还在柴篓的上沿码起一个高高的茬子堆。母亲用提前准备好的桑条和秫秸将茬子堆牢牢地捆扎好，那高耸的茬子堆既是一个篷，也是一个帽。

此时的柴篓，在霞光的照耀下，有些悲情，有些庄重。如离去前的装束，包含着珍重；也似归来后的承载，意味着收获。

这些茬子啊，是种子的梦，是秧苗的根。

当母亲费了很大的劲儿把篓子挪到那棵没有刨出的青茬子近前时，村庄升起了淡白的炊烟，陪绿树袅袅，伴红霞腾腾。

母亲跪在地上，紧了紧篓子的背绳，然后用两条胳膊把背绳挎在双肩上，装满茬子的大篓子在母亲后背像隆起的一座小山。

我牵着弟弟的手，问母亲："妈，你前面还有一棵大茬子怎么不刨呢？"母亲笑了笑说："留着它替妈效力呢！"

我看见母亲两条胳膊使劲拄着地，腿和背同时用力，可篓子只是摇了摇，母亲没能背起沉重的柴篓。

我撒开弟弟的手，跑到母亲后面要帮母亲抬起柴篓。

母亲见了，赶紧喊我："久儿，躲开，妈不用你，你看好弟弟就行。"母亲怕柴篓砸了我。

母亲又一次攒足了劲，左手扶在打弯的左腿上撑住劲，右手抓紧一丛筋骨粗硬的野草，篓子渐渐离开了地面。突然，那丛野草被连根拔起，母亲和柴篓重重地摔坐在地上。我和弟弟哭着叫着扑向母亲。

母亲涨红的脸上淌着汗水，汗水被晚霞映成了道道细微的溪流。母亲却一直笑容满面，安慰我们说："儿子，别怕，妈没事。别哭，妈没事的。"那一刻，母亲真美！

这一次，母亲用镐头勾住那根孤傲的大青茬子，两臂、两腿和后背一起用劲。我见状，赶紧松开弟弟的手，不顾一切地奔向柴篓。我抓住篓底，使出浑身的力气，大叫了一声："妈——"母亲也沉沉地喊了一声："儿子——"这个庞然大物终于晃晃悠悠地起来了。

我扛着铁镐领着弟弟跟在母亲身后，我看到那小山一样的柴篓压在母亲的后背上，高高的茬子篷遮住了母亲的头部，只露出两条粗壮的小腿缓缓地交替着奋力迈出，两只沾着厚厚泥土的鞋子一前一后，颤颤地蹒跚向前。

当我和弟弟跟着背柴篓的母亲走到村口的时候，太阳已经落山了，西边的天际尚有一线红霞和一弯如沙滩似的铁云。

小时候，我常常和母亲、弟弟一起从田地走向村口，再走进家门口。那时的小身板虽累，但心情是快乐的。而现在，是我一个人走向村口，也将一个人走进家门口，心里沉甸甸的，装着母亲和往事，还有旧的时光。我的眼睛潮潮的，心里涩涩的，有一种无奈、困惑和纷乱的情绪在心中搅动，迷茫中总想留住些什么。留住些什么呢？实在是说不清、道不明，痴痴而茫然，傻傻且无措。

快到村口时，我的眼睛模糊了，可满满的记忆是清晰的，孤寂的心明亮起来，恍惚间觉得有两个人站在村口守候着，我努力让记忆去辨认，让心去相连，最终是眼里饱含的热泪确认了记忆中的想和心里的念。

在村口站立的分明是母亲和女儿，女儿挽着母亲的左臂，母亲的右手拄着手杖，一如当年紧握着镐把。

我喊一声："妈！"便急忙走上前，抱住了母亲。我听到母亲温情地回答："哎！"又轻轻地唤我："久儿。"那声音犹如金灿灿的小米和绿莹莹的绿豆熬煮在一起掀起的声浪一样，拨动、唤醒了我的每一根神经，眼里的泪水随母亲在我后背绵软的拍打和摩挲一起夺眶而出。

此刻，我知道母亲一定在笑，慈祥的笑犹如这正午的秋阳。母亲说："咱们回家！"母亲用左臂抻了一下女儿正挽着的胳膊，转过身去。

就在这一瞬，我看到母亲佝偻的后背已弯曲成牛样子的形状，即便这样，母亲依然梗梗地仰着头，脚依旧实实地踩着地。母亲像一张苍老的弓，过去的岁月是母亲的绵绵之力射出的长箭。眼前，我看到母亲枯瘦的手指又拉紧弓弦，她要把最后的爱射向我们。

真爱无言，大爱无疆。母亲的爱俨如太阳，不管是朝阳还是落日，总能红遍山河，温润我们的心！

母亲的背影因长期的负重而变形，因庄稼人的质朴而沉稳、因艰苦生活的磨砺而不屈，而这背影就像一个纤夫，拉起长长的、平凡的岁月，牵动款款朴素的时光。岁月如歌，时光如水，我们在母亲背影开凿出的以阳光和月色为岸的长河中，茁壮而歌，铿锵击水。

禅意人生

1

天命之年，经风历雨，如树年轮，群枝众叶，新芽与凋落，感悟纷纷。

以人生的穷半生和富半生之分，可素描其形象、行为。

上半生。一碟煮花生，一盘拌豆腐。一把葱，一碗酱。两壶烈酒。你一言，我一语。你一盅，我一盅。喝得，言出肺腑，语自心窝。感天，动地。

下半生。一桌山珍，一桌海味。一桌金，一桌银。杯杯琼浆。我千言，你万语。我摇杯，你晃酒。醉得，左眼虚情，右眼假意。惊神，泣鬼。

2

想寻到空空长叹，觅来轻轻吟哦，闻得缓缓佛音。

一声叹息，清风邀来明月。对饮，相叙。相思漫延，爱意满天。

一声虫吟，溪流引来蛙声。问询，共鸣，蝴蝶翩跹，蜜蜂喧阗。

一声梵音，菩提清净烦恼。慈悲，苦度。众生绵绵，莲花艳艳。

3

那个春天，满眼的生机，源于心中随喜春意的盎然。

河边的树，树下的花，花旁的草，草上的絮，皆是春光，尽在我心。心之呼吸，慈悲善恶。空色一实，色空无二。

一颗心，两束花，三层叶。宋人感叹：红了樱桃，绿了芭蕉。我亦长吁：芭蕉也红了，且生得鲜明，还长出娇娇的嫩黄。时光在此妖娆，心漾浅浅笑，才去又来兮。

4

心有所想：上香敬佛。就决定去五台圣境，拜文殊菩萨。初夏的阳光很好，蓝天白云。好天气，是我佛庇佑。此念头有些决然。

拜过白塔，拜过菩萨，也拜过五爷庙。寺院众多，唯南山寺让我铭记。南山寺的门，让烦恼之心劳神费力，让肉眼左右识别，前后张望。可谓是：南山寺的永进门，进亦出兮出亦进。你方出门我进门，我才出门你又进。里里外外皆有门，上上下下总见门。出此门来进彼门，别有天地门与门。

我说入佛门，意却在红尘。身在佛门心不净，心在佛门身染尘。怎样才是迷途知返呢？

五台山，分青黄两庙。

我和僧侣，一起开课。口念经文，手转经筒。佛衣两色，汉藏并存。身在净土，心在红尘。我愿求安，意却执偏。恶兮恶兮，去兮去兮。善哉善哉，来哉来哉。

5

立秋已过，天气依然炎热。收获的季节，选择去拉萨。要摘取一个果，看看种下什么因。

在雪域高原上，在蓝天白云下，在牧草流水间，在佛塔经幡旁，我心是澄澈的，温馨犹如母爱。

哈达飘动洁白的祝福，围绕着孩子们的笑脸。你从容地跃进，自由地歌唱，从此是我的神，我虔诚跪拜。

天刚蒙蒙亮，沿着拉萨河北上，去世界最高的咸水湖——纳木错湖。眼前依然是，莹澈的流水，嫩绿的牧草，崇峻的山脊，皑皑的雪峰，瓦蓝的天空，棉白的云帆。

在莲花台旁，在转经筒前，在诵经声中，在慈悲心里，我时刻保佑你们，魂牵梦绕着你们。情如纳木错湖光，心是你们的莲花。

6

九月九，重阳夜。思之，空想。

深夜之月，云儿相伴。孤寂之思，心儿深处。

明月净我情，我心仰月容。心向明月敬，月静我心空。

曾在他乡思故乡，今在故乡念他乡。他乡明月亦故乡，
故乡他乡皆重阳。

对月儿云儿说：我不是我，你是我。你是我时，我是他。我
是他时，他是你。他是你时，我是我。

7

走进冬天，大地空旷。月亮和星星更加明亮，恰如你和我。
月如灯，星似萤。月如母，星似子。月如壶，星似盅。月如花，
星似叶。月如歌，星似咏。月如爱，星似恋，月如你，星似我。

千杯酒前，万盏醉里，突生凄冷。无聊重重，寂寞深深。

慎独周围，香艳花卉，莺歌燕舞。千山万水，融入禅心。

娥心地善良，为人坦诚。在沧桑岁月中回答着生活的苦乐。

天堂和地狱，本在心中。一念善，就在天堂。一念恶，已在地狱。

时时行善，天堂永驻。事事作恶，地狱深陷。天地之间，我
行我善。

8

过去的，一些人和事，在历史的一隅，安歇，被定格或静止。

可当今的我们，再忆起时，人也鲜活起来，事又一次展开。是我们呐喊着沉默。而未来呢，我们能否沉默地呐喊？

累啊，是黄色在涂抹，展示也在暗示。说给母亲的，是不累。

累啊，是绿色在翻腾，澎湃后是平静。讲给爱人的，是不累。

累啊，是红色在燃烧，热烈包含宁静。喊给自己的，是不累。

太阳落山了，天暗下来。风渐大，树梢摇荡，冷得刺骨。一只鸟儿正飞。

我点亮灯盏，打开窗子，等候，呼唤。心去追寻，带着温暖的春。

月亮圆了，星星缺了，化泪水成河，作相思为舟。

即便在凛冽的寒冬，我也愿站成一棵树，望着一条河流的晶莹，等候着春天的到来。背景是蓝天，映在水中央，与白云遨游，同小草放歌，和四季更替，共日月喜乐。

9

你将走过半个世纪的春秋，我已走过了半个世纪的冬夏。

你历经了近半个世纪的风霜，我经历了多半个世纪的雨雪。

你加上我，是甜蜜的一个世纪。我加上你，是陶醉的一百岁呢。

你加上我，让温柔生出了活力。我加上你，让粗犷长出了细腻。

你减去我，而结果是长河日落。我减去你，其后果是沙漠干渴。

你减去我，生活沉重上下求索。我减去你，孤独寂寞岁月蹉跎。

我乘以你，是我们的女儿出世。你乘以我，是女儿天使般美丽。

我乘以你，是太阳对蓝天的爱意。你乘以我，是月亮对星空的梦呓。

我除以你，是痛苦时疼的反思。你除以我，是伤心时爱的延续。

我除以你，是艰辛时不离不弃。你除以我，是忧愁时紧紧相依。

加减乘除，是生活的平淡无奇。加减乘除，是家庭的一种经历。

加减乘除，是生命的四季交替。加减乘除，是菩萨的慈悲定律。

10

感恩所有的人，如爱佛陀、敬菩萨一样，合十。

有的人让我留守，有的人让我流浪。有的人让我奔腾，有的人让我守望。

有的人让我自封，有的人让我解放。有的人让我细致，有的人让我宽广。

有的人让我醇香，有的人让我绵长。有的人让我珍重，有的人让我礼让。

有的人让我温柔，有的人让我坚强。有的人让我思念，有的人让我畅想。

　　有的人让我静默，有的人让我明朗，有的人让我弘扬，有的人让我歌唱。

　　有的人溶我月色，有的人沐我阳光。

说路论道

说到路，鲁迅先生说："世上本没有路，走的人多了，也就成了路。"先生所讲的是人的抗争精神之路。

论起道，圣人云："道可道，非常道。"圣人所言的是万物之道，道法自然。

我想告诉大家的是家乡的一山之道、一水之路，在旧日里的褴褛和新阳下的锦绣。

每逢节日，我们兄弟姐妹都回老家和爹妈过节，一番热闹，把几代人的心又糅合到一起，那份快乐，祥和而安稳，有如柳枝荡在微风里、荷花漾在细雨中。

端午节将至，老妈每天用电话催促，说粽子早包好了。其实粽子是老家的几位嫂子一起来帮老妈包的，包粽子的现场用手机视频传递给大家：说笑着，打闹着，愉悦的场景，温馨的氛围，让我们在各自不同的远处围观时，眼睛里溢出了感叹拨动幸福的琴弦时而流淌的泪水。点点泪水，滴滴情愫，包含着甜润的心思和温煦的心情。

老爹近九十岁高龄，身板硬朗，精神旺盛。在母亲的电话里以及视频中，老爹不时地插话或接话，让大家回老家过节，包括侄儿侄女和外甥外甥女。老爹的这一行为，委实首次。大家受到了鼓舞。

我私下里想，爹妈年岁大了，有些步履维艰，想儿念女牵挂小辈的心，不仅放不下，反倒沉了、重了，那份情浓得像夏天的云朵，聚集得多了、厚了，瞬间就化作了雨水。恰如我们幼儿时期的蹒跚学步，一会儿也不愿意离开爹妈，否则就会哭叫不已。

老的爱小的，小的恋老的，成了一根根相互缠绕的青藤，忘情地牵手，热烈地相拥。

当过兵的人，都知道军令如山。老爹的嘱咐于我们做子女的亦如山峦，好好落实，便可登上尊重的顶峰。不忘母命，也不违忤，老妈的叮咛，像老家院子的木槿花开，我们的孝敬是翩翩起舞的蜂儿蝶儿，迷恋着花容，喜爱着清香呢。

有效的行动，是先给几位姐姐和弟弟打电话，再联系春喜哥和侄儿海洋。春喜哥和海洋都当过兵，春喜哥是 1978 年入伍的，海洋是 2012 年退伍，现已到首钢上班了。

海洋提醒我："久叔，端午节的前一天是父亲节，都在假期里。我们决定父亲节这天回老家过两节，团团圆圆。"

从水城回王古庄老家，有好几条路可走，有高速，有国道。但我已习惯走另外两条路，一条是陆路，一条是水路。

陆路是在滦河大堤上修筑而成，有高速的宽敞和通畅。

像一位父亲，黑油油的肌肤，铺展着静默、坚韧的力量。

水路是悠悠不息的滦河，河上没有船只摆渡，但它可以让我们凭借思念载着游子的乡愁回到老家。

如一位母亲，白花花的银发，系念着奔腾、温婉的时光。

陆路与水路，并肩或携手，相依或相挽。陆路连接着村庄，水路环绕着青山。

四周广袤的碧野，青绿起伏，层层雀跃，叠叠欢呼。

天空安静成瓦蓝的湖泊，白云如银帆飘移。好天气让太阳有了朗朗的笑声。

我和四叔一进村庄，就闻到了粽子的清香。在院子外，已听到几位姐姐和嫂子们的欢声笑语，也看到了大门口停好的几辆车。进到屋里，见大家都忙活着，二弟树升一副大厨的穿戴，正在案板上执刀，春喜哥既操持屋内又张罗屋外。炕上炕下摆了几桌，炕上是方桌，炕下是圆桌，桌上摆着水果和茶水。老爹坐在圆桌前，老妈坐在方桌旁，看见我们进来，老爹就叫四叔过去坐，老妈唤我到她身边。四叔不忘和老妈说话逗笑，老妈总要摸摸我的胳膊和脸颊，慈祥的笑里有泪。

四叔身体蛮好，虽年逾古稀，却有耳顺之容光。1963年从军，后来转业到地方，现已退休好多年了。近些年，总和我一起回老家，到家后和我老爹拉得热乎。老爹他们一共哥五个，老爹是老大，二叔、三叔已去世，五叔在唐山照看孙子。平日里老爹和四叔倒是近便了些，能常见面。老哥俩的面庞也非常相近。

老爹问四叔回老家的路好不好走，四叔对道路的变化又夸赞了一番："路忒好走，平坦宽绰，不次于高速路，还是旅游路呢。"

我插话："从水城到咱家的路，有高速路的快速畅达，有旅游路的风光柔情，路边和河岸都成花园了！"

大家陆续围坐过来，老爹问春喜哥："你老叔怎么没到呢？"春喜哥说："刚和老叔联系过，在路上，一会儿到。"又问海洋的情况，我告诉老爹："海洋给我打电话说在北戴河呢，吃饭前到。"老爹笑了："我信海洋。"春喜哥也肯定："现在的交通太便利了。"

春喜哥的一句话，引开了四叔的话头："大嫂子，你还记得我当兵走的时候吗？"老妈使劲地点头："忘不了啊！那么苦的日子，不愿再想，想起来心里头寒呀！他奶没得早，我们几个妯娌费了全身的劲，也就糊弄够你们老少爷们儿寒碜的吃穿。记得那是正月里，刚过十五，一个后半夜。我和你二嫂子，惦记着你要起大早走，不敢睡，也睡不着，早早起来准备给你和你二哥烧火做饭。你二哥送你去县里，连把那两捆豆秸卖了，说县里的价钱贵。你二嫂子正怀着海洋爸春和呢，身子沉，不方便，我去当院抱柴火，推开门以为是月亮地，却是大雪撒起了泼，落得个满地白。那时包不起饺子，就给你们哥俩熏上几个粘饽饽，熬的小米粥，热了前天晚上留出的酸菜。你们哥俩也没舍得吃饱，临走给你二哥包俩粘饽饽带上，留在路上吃。那日子真穷苦啊！"老妈眼里又含了泪。

四叔抹了抹眼睛笑着说："二哥推着车，我用肩膀拉着纤绳。

那路实在太难走了，下了雪，连个道眼都没有，硬是摸到了城里。等卖完豆秸，快晌午了。到武装部换了服装，二哥把你们给我做的棉袄棉裤带回去，临走前将卖豆秸的三块钱给了我。二哥活着时，我问过他几次，那天啥时候到的家，二哥每次都是笑，却不回答。"四叔低下了头，屋里钟表的指针走得咔咔作响。

老妈指指老爹，冲着四叔说："那天快擦黑前，你大哥和你三哥到村外去接你二哥啦，哥仨到家时，月亮老高了。"

老爹说缘由："那年月全村也没有一辆自行车，别说汽车了，连影子也见不到。去县里卖豆秸的手推车，还是跟你大伯家借的呢。如今汽车都多得是，连咱农村也堵家门口了。"

老爹问我："从城里开车到咱村得多长时间？"我说："二十分钟。走高速，一刻钟。"春和哥说："今非昔比，真是日新月异的变化。"

这时，春福哥将老叔迎进屋里。老叔挨着老爹坐下。老爹问老叔："从唐山到家得开车多久？"老叔说："不堵车一个小时吧。"老爹又问："过去坐班车跑唐山得几个点？"老叔说："差不多用半天时间。"

春福哥悦然："咱们正处在一个改革开放迅猛发展的时代呢！"

春喜哥亦感慨："我从当兵到今年退休，整四十年了。我去部队那年也是冬天的夜里走的，去首钢矿区坐车，一路步行，二十里的山路，走了将近三个小时。其间要过滦河，我经过的渡口没桥，也没有船，是踩冰过河的，冰冻得并不厚实，很危险。

我和战友们坐了七天七夜的闷罐车才到达部队的。现在,咱们家乡境内的滦河上建造了七座大桥,离咱村最近的大桥,开车只需五分钟。"

我开玩笑地形容道:"七座大桥,是七个仙女变化的七道夺目的彩虹,观水波荡漾,赏祥云舒卷。"

笑罢,暗自思量,家庭茶话变成自觉发言了,有点新兵连班务会的味道,老爹自然成了班长。

四叔讲了,春喜哥说了,该我发言的阵势了。我摸着老妈的手:"妈,我当兵走的那天是1983年的11月3号,上午,你送我到镇上。两辆自行车,春和哥驮着你,春喜哥带着我。那是我第一次坐大客车,把我们送到滦县火车站,也是第一次坐火车。我和老妈在镇上告别时,第一次挥手还有些羞涩,我在车上,老妈在车窗下。我第一次要走很长的路,心里有些茫然,但觉得一切都很新奇。我今天想说的是另一条路——通信之路。那时在部队,和家里保持联系的常用方法,基本上也是唯一的办法就是写信。电话打不了,全靠信邮来寄去,等信、盼信成了心病。现在好了,我们进入了数字信息化的飞速之路。一机在手,不需跋山涉水,可以走遍神州。"

我还想再发挥几句,老妈的老年款手机响了,外甥女清华打来的。我想代老妈接听,老妈笑着嗔怪:"妈耳朵还没聋呢!"

我帮老妈把免提打开,声音很大,大家都能听到:"姥姥、姥爷好!我此时在咱市里的光荣院做义工,不能陪你们过节了,这里有退伍的老兵们,能和他们在一起,挺受教育,也很开心。下午去福利院，和残障孤儿搞活动，我想也一定有意义。看到这里的老人和孩子，就会想到亲人。祝福咱们全家人节日快乐，祝姥爷、姥姥身体好，开开心心。"

老妈激动地说："好孩子。"老爹高声说："外甥女，好样的。"

春和哥给老爹和四叔、五叔添了茶水，老爹喝口热茶，面向春喜哥："你爷在世时，常说一句话：'人要尊老爱幼，将心比心，因为家家都有老人和孩子。'清华去光荣院和福利院照看老人和孩子，就相当于给咱们尽孝心了。"

四叔说："是啊，'老吾老，以及人之老；幼吾幼，以及人之幼'就是这个道理。"

大家被清华所感动，正聊得炽热，海洋刹那间闯进屋里，呈立正姿势："海洋向家人致敬！"

春福哥说："我侄儿真准时，不愧是当过兵！从北戴河飞回来的？"海洋回应："不。高铁十八分钟，高速二十九分钟，转车三分钟，全程一共五十分钟。"

树升在外间弄好了菜，也进到屋内。海洋送过一杯热茶："二叔受累！"二弟喝过茶水，说："现在的道路四通八达，越来越快捷。我刚才干活时听爹和叔叔们拉起道路的话题，我就想，啥是道？何为路？"

老爹微笑，瞅瞅身旁的老叔说："得往细里掰扯啦！"

老叔想了想，说："唐山市区的街巷划分是东西为道，南北为路。"

　　老爹又问我："春久，你也说说看。"我开动脑筋，想起搞美丽乡村创建时一位记者的话，我仓促使用："道，是指在村内和城里。路，是指在村外和城外。道窄，路宽；道短，路长。"我把探询的目光投向老爹。

　　老爹点点头："说得都很规矩。道和路本是一家，道路是我们一代代人的人生啊！道怎么写？一个人昂首走；路怎么认？一个人迈步奔。道有首，居上，就像我们长辈；路有足，居下，又像你们晚辈。我们守在家里，是道；你们拼在外面，是路。你们比我们更宽远，咱们连在一起，一辈又一辈，才是真正的道路长久呢！"

　　大家都听得心服气顺，频频点头为赞。三姐不断地给老哥仨拍照。

　　我突然想起圣人之子孔鲤的一句话，心生一念，发给女儿："你父不如我父。"女儿瞬间回复了我："老爸，可千万别和爷爷说你子不如我女啊！再次祝老爸节日安康！"

　　我没有回复女儿自己的态度，只是把老爹的照片发给了她。

　　吃饭的时候，看着家人的笑脸，我在想：每个人既是一条道，也是一条路，每个人的道路是逶迤而漫长的，而家人在一起的道走成了心连心、手牵手的团圆之路，祥和而美丽。

　　手推车、自行车是曾经的道之主角，见证了我们的坚韧不拔。

　　汽车、高铁为现在的路之主宰，释放着我们的满怀豪情。

　　家书行走在邮寄之道，记录了悠悠的岁月，如心中的一首首老歌。

手机飞奔在拨打之路，拍摄下细细的时光，若一幅幅梦中的油画。

无论道在心中，还是路在梦里，道路永远相连着家和远方。我们孜孜左足同矻矻右足，在道路上一定是砥砺前行。

从一代代人的步伐中，我们确信，道路也在不断地成长壮阔。从泥泞坎坷到平坦顺畅，从蜿蜒曲折到笔直宽广，我们能听到一辈又一辈人登然的足音，可以看到正携手迈向灿烂前程的雄姿。

哦，贯头山

1

哦，贯头山，春天来了，花开、草长、莺歌、燕舞。

我如此直白地称呼你，不是粗俗和浅薄。

你就是千山之中一座山的名字。

山，让人想到巍峨与高耸的气势。

贯头山不是的，俯首、含蓄、温情、素朴。

你哦，和青山环抱，于天地间绰约了燕山的风姿。

2

哦，贯头山，夏天到了，白云飘飘，风惠雨泽。

我如此莽撞地呼唤你，并非冷嘲与戏谑。

你就是万水之中一条河的名字。

河，给人奔腾与豪迈的情怀。

贯头山不这样，舒缓而澄澈，婉和且娉婷。

你哦，与绿水相连，于水云间柔媚了滦河的风韵。

3

哦，贯头山，杲杲秋阳，天高云淡，粮丰果润。

我如此朴实地走进你，红苹果与香雪梨牵手的岁月。

你就是千万个村落中一个村庄的名字。

村，杨柳依依，鸡鸭徜徉，鹅声鸭鸭，牛羊悠闲。

贯头山也是这样，花生、大枣、核桃、栗子。

你哦，携乡村的美丽，于日月间荡漾着水城的胸襟。

4

哦，贯头山，瑞雪莅临，洋洋洒洒，洁白天地。

我如此浪漫地走向你，水仙与梅花芬芳的时节。

你就是万千种酒中一种酒的名字。

酒，举向明月。左手执壶，美啊！右手执盅，妙呢！

贯头山酒，醇厚绵长。悠悠其情，陶陶其怀。

诗酒文化长廊讲述了人、酒、诗共同滋养的悠扬和典雅。

酒文化博物馆质朴、浑厚、珍贵、繁多，千盅百壶静默成一场盛大而无声的酒宴。

大江南北盛名，长城内外飘香，贯头山酒攀登了中华十大文化名酒的峰顶，从而成为河北省著名品牌。

你哦，挽真情实感，于山水间舒展了心灵的放歌。

5

哦，贯头山，史河扬帆，打开书卷，考证史籍。

我如此沧桑地追溯你，原始与奴隶制度的初始。

你启发了轩辕黄帝与医师岐伯对"汤液醪醴"的讨论研究，

你又引领美丽的仪狄为父亲大禹王无意间酿出了美酒。

古人、古风、古韵、古酒，早已在古贯头山深深植入，盘根错节。

你哦，写实盘古、夸父的精髓，于人类史沉淀了不朽的探索。

6

哦，贯头山，飒爽而虔诚，从地方县志，到酒厂记载。

我如此庄重地审视你，"说文解字"与灵泉寺皆可佐证。

你缔造了杜康，杜康创造了谷物酿酒。你又招贤纳士，请来了佳酿名师狄戎。

美酒享誉古都，红遍雪国。名士曰：酒气冲天，飞鸟闻香变凤；糟粕落水，游鱼得味成龙。

你哦，丹心染酡颜，于魂魄中泛起了古铜色的豪情。

7

哦，贯头山，自然风光，人文景观，相得益彰。

我如此欣喜地观赏你，鬼斧神工与人类开创，犹高山流水，若琴瑟合奏。

醉于青山，醉于绿水，醉于村落，醉于美酒。相交、相绕、相叠、相让。

你左手托举起山叶口地质公园的五彩石，你右手敲击着塔寺峪的晨钟暮鼓。

蔡园灵山大佛的微笑让你慈悲了世人的感悟，白塔的灵光让你温暖了万物，起伏、更替季节的色彩。

你哦，似流水脉脉兮，又如高山之莘莘，于大自然开拓出人类的智慧。

8

哦，贯头山，驱雾除霾，拨开云霞，太阳朗照。

我如此自豪地仰视你。历史又一次在这里聚焦、回放。

让我们铭记一九七二，日本前首相田中角荣访华，特意向敬爱的周总理询问贯头山酒的兴衰。

历史铭刻，战争的烟云弥漫，雕塑了贯头山人不屈不挠、英勇顽强、打击日寇、血染河山的壮举。

你哦，铁骨铮铮，亦柔情似水，于正义中点燃了和平的火炬。

9

哦，贯头山，胸怀未来，抒写正气，弘扬真善。

我如此真诚地歌唱你，坚持酒的至醇、至香、至极的理念。优选五种粮食，秉承传统固态泥池发酵的酿酒方法。

高粱香、大米净、玉米甜、糯米浓、小麦合。

优良的传统工艺，卓越的企业文化，是贯头山酒腾飞的双翅。

一个好的带头人，一群有激情、有爱心、有责任、有梦想的员工，构成了核心、凝聚、引领、紧密的和谐发展势头。

你哦，运筹帷幄，于花香和赞美声中牢固坚定的信念。

10

哦，贯头山，山清水秀，智者乐水，仁者乐山。

我如此宽广地爱慕你，织锦与斑斓描绘的妖娆。

山色、水光、民俗、酒魂、人气，让日夜增光添辉，让四季充盈饱满。

当代贯头山人同水城一道创造出一个个绿色的奇迹、鲜红的感动、金色的硕果。

在你无限温情的谦和婉叹中，在你悠久文明的远眺凝思下，我们懂得了敬重、宁静、豪放、恬淡、祝愿、忧思、梦想和追求。

你让我们长视之、长饮之、长怀之、长乐之。

你哦，尊天道，重厚德，于大美中栽种了大德与大爱！

哦，贯头山啊！贯头山，哦……

门之说

我是门，和人一样，原没有高低贵贱，却被人分成三六九等，打造出三百六十行，装扮成三亲六眷，寂寞中期待着，热闹中沉默着。本是为一进一出的惬意，可一左一右的聚散离合，一开一合的迎来送往，热烈而冷寂，逐渐滋出心愿，生了祝福：开启预示着吉祥，关闭表达了如意。这是常态的希冀，也有无常的破败，事与愿违。

门和人类的发展基本是同步的，亦有着悠久的历史。最早期的门是由枝枝、叶叶围成，像喜鹊搭窝。后来随着文明的进步，材质不断地推陈出新，异彩纷呈，门户造型迥异，千姿百态。门有了质朴与端庄，添了典雅和美丽。

我是门，我知道，人们愿意把门和窗子联系在一起，门窗就如兄妹或姐弟，也像夫妻或情侣。窗子让人观望想象外面的世界，是静候，包含粗浅认识世界的空想。而门是让人出去创造改变世界，是行动，包括带着重新认知世界归来的入门。

门和窗子，首先成为房子的左膀右臂，如果说，房子是船，窗子是大副，那么门就是船长。如果说房子代表一个家，窗子是女人，那么门就是男人。

工农商学兵，是指所有人。农林牧副渔，是说所有行业。但当下时代，人的职业更多，行业更加广泛。门也被自身派生出的五花八门和分门别类这些笼统之说所应用。

自古以来，门乃大族，子千千，孙万万，无所不有，无处不在。上上下下，左左右右，里里外外，前前后后，东西南北中，都能看到，长长短短，宽宽窄窄，高高低低，大大小小，隐含着金木水火土的五行之门。

人有长幼之分，男女之别，门也有新旧之区，阴阳之位。粗粗归纳，泛泛而言，门可以有民门和官门之辨。旧社会讲：衙门口朝南开，有理没钱别进来。官门与民门有天壤之差。新时代的和谐社会，党的胸怀时时刻刻温暖着民心，规整的街巷和平坦的道路将官门与民门紧密相连。官门跟民门平起平坐，是鱼水之情，如水恩泽万物，像鱼儿相濡以沫。

我是门，有自己独特的体会。不要觉得我冷漠无情，我比窗子更善于值守。

我在沉默中，能看到也能感受和感悟人间的一切，酸甜苦辣，爱恨情仇，冷暖炎凉，生老病死。

我在人类情感的大地上，无须远足千山万水，只需一个弧度的开合，就能见证了道家七情：喜怒哀惧爱恶欲的开花结果。

两扇门开，莲花隐笑。两扇门关，双手合十。告诉六欲也是佛家六识：眼耳鼻舌身意。六识产生六尘：色声香味触法。

心经立言：无眼耳鼻舌身意，无色声香味触法。

门之无论开与关，六识与六尘一切皆空。故产生了"色即是空"的空门，其空门亦是"空即是色"的佛门。

往前推，能望见道家门内青蓝色袅娜的香火与岚烟，知晓了自然和谐、守朴归真、无为而治的道门遗风。

与此同时，还能听到儒家书院里婉和的吟哦与朗朗的读书声，仁义礼智信乃儒家思想体系，也是儒门家训。

我是门，通过人类的生活也拥有了赤橙黄绿青蓝紫的色彩。从耳熟能详直到自己发出哆瑞米发嗦啦西的音乐之声，才有了音乐之门。

阳光为我带来喜悦，并写下安康与幸福的楹联。

月光让我有了等待，清影翩然，泛起相思。

星光使我安然，夜色中的坚守，有些温情，有点浪漫。苏轼从容应对辽使的对联，并使其汗颜。上联说：三光日月星。下联答：四诗风雅颂。雅中有大小，绝对。所以，门有三光的照耀，也聆听了风雅颂中爱慕与哀怨的诉说，沾得远古经典爱情的芳香。

我也在风、霜、雨、雪中感受四季的分明和各自的风采。

我在春风中是半开的，并非"春风不度玉门关"的苍凉，也不是"小扣柴扉久不开"的冷漠，是春花的矜持盛开，次第有序，是恐春光易逝而生成的温柔的爱怜。

我在夏季是敞开的，左扇门闻得一晌蝉鸣，右扇门听取蛙声一片，让盎然的绿意和雷声雨声，雄浑而壮阔地一同踏入我的胸怀。

我在金秋是虚掩的，这对于已纳入房中的果实是一种善意兼赞许的表达。面对收获总是低调思之，从不为彰显而乱想胡为。

我在寒冬是关闭的，对烘烘的炉火滋生敬意并肩负保护其温暖的重任，也不去打扰雪花静静地飘舞。我的一面是红色，热烈得崇高；我的一面是白色，凛冽得纯洁。

我在汉语成语中走街串户，风尘仆仆，饱受了冷暖苦乐。

在门的位置上，虽然与另类别意结盟为伴，仍不辱使命，尽心完善，尽力表达。

我伴随着诗人词家的想象，在诗情词意中，跋其千山叠翠，而不改初衷，涉其万水浪流，且不变本色。

在众多的千秋万代的门中，诗佛王维偏爱柴门，中意朴素自然与清心禅境，感动了后来无数仕途之人的修行之心，牵动了莘莘学子的淡泊明志之情。柴门也是老百姓安居乐业俭朴生活的一个写照。

我是门，为人民服务，坚守与开放是我的主旨。简单地说，我的使命就是开与关，在使用动作上，也就是推与拉。

由于诗奴贾岛的"僧敲月下门"引发的推敲，为"开门"准备了一个文雅的前奏，渲染了静谧的氛围，同时，也勾描出开门者细致入微的心理活动。一个"敲"字，竟让门受到了礼遇，生出了美妙的情景，留下了千古佳话。

面对门，不同的心情有不同的开法。当然其前奏也不同，盛怒之下，用力打门，有拍打，有擂打，有捶打。开门时，大多选择用脚踢门和踹门。更甚者，暴烈中，操刀持斧，砍门汹汹，劈门狠狠，破门而入。我们其身疼、其心痛、其惨状可想而知，又有谁怜惜过我们的感受？

推门是对开门的整体形象概括，有轻轻地旋舞，有重重地转动。如待人一样，有灰白脸颊掀门的，有赤红面孔搡门的。这都是从外向里开门。

从里向外开，基本是抻、扯、拉、拽，有憔悴的面容扶门，有精神焕发的脸庞抚门。多时是轻柔的，偶尔有猛烈的行为。

如果说开门属阳，那么关门属阴，关门时多是温婉的，关好门后还得再看一眼，确定是否关好。这一眼，却与开门的前奏相呼应，是意味深长且温暖安然的片尾曲。

门有开有关，和睦相处，才善得始终。一个农家庭院，前后院老旧的门扉像爷爷奶奶，房子的前后门户不知疲惫，沉稳端正得像爹和妈，东屋的门留给男儿迎娶媳妇，西屋的门守着女儿等待出嫁。

我们守护的是人，人有了门，成了“们”，献给你我他，才有了你们、我们、他们，便是一家家甜蜜幸福的生活。

如果说，眼睛是心灵的窗户，那么，心扉是什么？

是你，俊逸的你，自信的你。是嫮姱的形象，是嬿婉的微笑，是嫽妙的真善赋予了你。是清爽的、火热的、洁净的、灿烂的心情凝聚的你的爱啊！才是美好的心扉，幸福地开合。

　　我是门，我骄傲于我的用途，我自豪于我的岁月。人在门外是我们娓娓开创，人在门内是智慧媞媞闪烁。我代表一个个家，也代表一个个人。前胸朝外，迎风雨雷电；后背向内，负柴米油盐。立于天地之间，守护我爱之家。

冬之随想

1

时光犹如琵琶,太阳是左手,月亮为右手,漫漫而弹,绵绵而拨,焚膏继晷、夜以继日地演奏着温热凉冷四季的琴弦。

岁月亦如行舟,桨橹篙帆同春夏秋冬一样,载苦载乐,悠悠荡荡。想之,逆日月而行的,便只有我们的记忆与梦境。

今年的清明,着实印象深刻。杜牧先生诗中所描绘的"清明时节雨纷纷"的景象,改扮成了诗仙李白的"燕山雪花大如席"的景观,于清明前夜冷艳呈现。

无独有偶,今年的小雪乃望日,当夜明月高悬,银光乍泄。想象中的片片雪花都被纤纤月光所替代,不仅如此,圆月被乌云遮盖,继而细雨霏霏,恍若置身于春愁之中。

难道这是时光的倒转吗? 还是四季混淆了呢?

《山海经》中对掌管四季各司其职的诸神都有任命:春神,句芒。夏神,祝融。秋神,蓐收。冬神,玄冥。

由此看来，春神与冬神，没能够尽职尽责，因擅离职守，造成季节交替的混乱。夏神与秋神，冷眼相望，漠不关心，没有劝诫和提示，难道就没有责任吗？

我们与季节朝夕相处。气候上迟到和早退的变化，让我忐忑不安。想到蝴蝶效应：一只蝴蝶翅膀的振动，会引发一场龙卷风。

我的心被变异煽动，泛起了因环境遭受破坏和污染而愧疚的波澜。

我们是被正常的秩序所约谈的。就我自己而言，在这个冬天，我得真实地陈述心声，并保证自己的行为，为冬季的良好运行起到积极作用。

2

我于天命之年，和戊戌之岁相逢，缓缓地踱步，行至孟冬之际，枯叶纷飞，残枝乱走，寒气也簌簌地迫来。

我不会选择去热带过候鸟的生活，不会与曾磨砺和考验过我的冬及其冷傲擦肩而过，唯有颤颤地牵手相随，瑟瑟地转身相视，方可将其朦胧的轮廓细细地看个明白，才能聆听并深切感受冬之心怀的所系所想，还有其正为春天所凝聚的力量。

倏然觉得，冬天像一个穿着灰色长袍的青衿，面容清癯却胸襟坦荡，神情严肃而心地诚笃。翛然而来。来，其形简单、朴实、硬朗，让人觉得踏实与豁亮。翛然而去。去，其影孤独、凄冷、怅然，让人有了怀念和希冀。

想三里河之夏，莲叶田田，蒹葭苍苍，到了秋末，芙蓉花尚能傲骨铮铮。

范成大有诗为证：辛苦孤花破小寒，花心应似客心酸。更凭青女留连得，未作愁红怨绿看。

怎奈落花有意，流水无情，从夏流到冬，荷花枯寂，芦花斑白，荻花萧瑟。冬的眼神，冷峭如刀，瞅到哪里，哪里就一片枯草败叶。

冬乃冷峻书生，袖口之内藏着无尽的凛冽。左腿迈步，是立冬。左手持卷，是小雪。右手摇扇，是大雪；右腿迈步，是冬至。左手挥毫，是小寒。右手泼墨，是大寒。

纵然是风萧萧，雪飘飘，冬未必无情，书生也未必无义。恰在无奈困惑之时，不经意地一瞥，月季于残垣断壁，虽无花艳，但有果鲜，大小和山楂一样，红亮、饱满。

略微惊奇，受到鼓舞，有些振奋，又见竹栅内，一丛丛蔷薇凌乱的枝条上，结满了豆粒状的小果子。

圆溜溜、滋润润、红艳艳，一副小樱桃可爱的样子。却又觉得是一个个小灯笼，里面有红烛垂泪。

琢磨一下，如此密密麻麻的红果，是来年春天开花的种子吗？是象征着温暖人心并给人希望的星星之火吗？

3

滦河之畔，生态公园，廊桥错落，牵水入园。抬头仰望，瓦蓝长空，雀飞鹊舞，相伴云霞。

冬显愠色，有朔风怒吼。书生无语，沿着河岸行走。

走过十里荷塘，走过百渠绕村，走过千顷麦田，走过万亩丛林，直至走上燕山，站在长城楼顶，威风凛凛，冷然俯视。

大地空旷，灰白而阒寂，但也隐匿着新绿。山河肃杀，冰封而静默，却又蕴蓄着生机。

跟随冬天的脚步，顿足而踟蹰。欲与书生倾谈，知道其严酷的性情，懂得其正位凝命的风格，心存钦佩。以谦谦君子、卑以自牧的风骨和姿态，捧起老茶，敬与书生。茶，色如红壤，浸着我的感动，泡着我的景仰。

冬虽一季，也有千万年，像山的记忆，很久远。书生年轻，亦有万千岁，如水的印象，很悠长。

山环水绕，举日出月升，托日落月没。一壶老茶，源于青山，伴于绿水。熬日光之红晕、飞舞之红霞，煮月色之白润、灿烂之星光。用暖濡冷，以雪染梅。相守也释怀，修心又开悟，自然且守朴。一敬、一品、一饮，心于此冬，温婉柔软。人生平和清淡了许多，如此亲切，如此祥和。

陆羽开启茶之大道，大雪中蜿蜒着花容，曲折着红绿黄黑白乌的斑斓之色。大寒里起伏着暗香，跌宕着苦辣酸甜咸的五味杂陈之觉。

大唐元稹与冬之书生，饮茶相叙，点赞茶之浪漫：夜后邀陪明月，晨前独对朝霞。诗有元白合拍，茶是共同之爱。诗魔乐天唱念：坐酌泠泠水，看煎瑟瑟尘。无由持一碗，寄与爱茶人。

大宋苏轼面对冷冷书生，劝着喊着："休对故人思故国，且将新火试新茶。"杜耒和冬之书生，握手寒暄，表达着热烈的心情："寒夜客来茶当酒，竹炉汤沸火初红。"

茶是冬天一种火红色的温暖，是书生不离的思念、不弃的牵挂，不舍的惦念，引无数众生淡泊宁静虚怀若谷，世事洞明得纯净，人情练达得清澈。

4

冬喜欢酒，酒爱书生。最早轩辕黄帝发明了"酒泉之法"，并提出了"汤液酒醪"。从此，一代代人便有了"醉后乾坤大，壶中日月长"的饮酒习惯与观念。

诗仙李白曾在月下独白："三杯通大道，一斗合自然。"并且在冬夜与书生倾诉了心情："冻笔新诗懒写，寒炉美酒时温。醉看墨花月白，恍疑雪满前村。"诗仙亦不愧为酒仙。

诗魔白居易不仅喜茶，也爱酒。诗中不仅是"问刘十九"，也是询茫茫夜色里的书生："绿蚁新醅酒，红泥小火炉。晚来天欲雪，能饮一杯无？”

诗圣杜甫却有别样心怀，对书生愤然：“朱门酒肉臭，路有冻死骨。”

太白又高呼：“人生有酒须尽欢。”鲍照也喊：“酌酒以自宽。”高翥咏唱：“人生有酒须当醉。”范仲淹掩涕长叹：“酒入愁肠，化作相思泪。”巾帼不让须眉，李清照对酒温情柔媚且缠绵悱恻，四季恋着，日夜爱着。说：“东篱把酒黄昏后，有暗香盈袖。”又说："浓睡不消残酒。”还说："酒醒时往事愁肠。”

亘古至今，诗人对酒的情怀就像纷纷雪花飞舞，洋洋洒洒。正适合冬之韵味，符合书生心意。

雪花是冬天六羽的天使，皑白、精巧、圣洁。是皇天给后土的信物，广阔、挚爱、崇高。大地亦不负苍天的恩泽，赋予山河并分别代表太阳和月亮盛开出飘逸暗香的红梅与白梅。

雪有大小，梅有红白，在每个人心中的感触和气势，有深有浅，有高有低。

卢梅坡说："梅须逊雪三分白，雪却输梅一段香。”又说："日暮诗成天又雪，与梅并作十分香。”这是诗人不舍雪、不弃梅，爱的兼收并蓄和公平的赞美。

王安石赞："墙角数枝梅，凌寒独自开。”陆放翁也赞："无意苦争春，一任群芳妒，零落成泥碾作尘，只有香如故。”辛弃疾又赞："更无花态度，全有雪精神。”唯独蒋捷道出自己的心声："都道无人愁似我，今夜雪，有梅花，似我愁。”

毛主席说："北国风光，千里冰封，万里雪飘。望长城内外，惟余莽莽；大河上下，顿失滔滔。主席赞赏了江山美好。"

他也赞颂了梅花不畏严寒的气概："梅花欢喜漫天雪。"

再次歌咏梅花："风雨送春归，飞雪迎春到。已是悬崖百丈冰，犹有花枝俏。俏也不争春，只把春来报。待到山花烂漫时，她在丛中笑。"

毛主席的乐观精神和不怕一切困难的钢铁信念气壮山河，为大宋文人所不及。冬天给主席鞠躬，书生向主席致敬。

5

喜鹊登梅。雀跃于雪。虽寒且冷，却描述了一个个祥和的景致。隆冬深处，燃着千万家火炉，红着万千户温暖。

冬字大写为鼕，咚、咚、咚，响敲鼓之声。书生踏着鼓点，从小雪到大雪，穿越冬至，再从小寒到大寒，呼雪花飘，唤梅花香，是生命避开严寒、拥抱温暖、走向春天的循环行进。

小时候，每到初冬，父亲已经把猪圈的垫脚起出来，送到院外。垫脚是猪圈里从冬天开始经四季积蓄的由干土、青草、饲料和粪便铺成的粪土，是土地变成良田的绝好肥料，也是庄稼丰收的基础保障。

那时节，小雪封地，大雪封河。父亲要把垫脚一镐镐地凿碎均匀，一耙耙地耧搂细微，一锹锹地铲成梯形粪堆。

　　常常是，冒着雪花沙垫脚。有时，三个姐姐趁着父亲正忙别的，就主动去沙粪土。大姐围着蓝围巾，举着镐；二姐围着绿围巾，挥着耙；三姐围着红围巾，端着锹。红黄绿围巾在飞舞的洁白的雪花中跳跃着、说笑着、歌唱着，像玉兰花、杏花、桃花、梨花怒放着明媚的春光。

　　在书生眼里，像春夏秋冬一样描画着岁月的山水长卷。

　　粪土对田地是金贵的，它容纳着养分与能量，默默地准备着春耕播种，就像这冬天一样守候和等待着春天的到来。

　　如是，粪土是温热的，姐姐们的劳动是温暖的。冬天是热的，书生是暖的，因为他们正孕育着春天。

　　不会忘记，那天大雪飘飘，我去花店买花。当我刚将买好的花放到车上，突然听到有人叫，我回身看去，见一位中年妇女碎步跑向我。那时雪下得正大，她穿着白色的羽绒服，左臂抱着一大束素雅的花，右手举着一支很红艳的花，迎着我笑："你掉下的康乃馨。"我向她致谢并接取那只红色的康乃馨时，那一瞬，我的目光定格在她左臂的袖口上。她只有胳膊，却没有手。我愣怔一下，听到有人喊她："刘老师，走啦！"我突然记起，从花店出门时，我一手提着花，一手打电话，就是这只穿着白色羽绒服袖子的手臂为我推开的门。当时，我仅仅随口说了声谢谢。我看着刘老师转身离去的背影，深深地鞠了一躬。当我抬头望去，只有纷乱的雪花寂静地追逐着、戏耍着、闹腾着。

　　这是刹那的白梅花开，却成为我镂骨铭心的记忆，温暖馨香未来的每一个冬天。

　　书生向我走来，微笑："冷吗？"我看着书生的眼睛："冬天，真好！"书生最后和我挥手告别，我分明看到河岸垂柳的枝条在轻轻地摇动，飘来暖，荡去冷。

火　盆

我小的时候，在寒冬里，家中除了一铺热炕，就只有靠火盆烤火取暖了。冻裂的双手揉搓着，翻来覆去。

火盆是铸铁的，形状像倒过来的草帽。火盆配有小铁铲和火龙筷子，两根筷子头由细链子相连，筷子和链子都是铁的。火盆里装着灶膛里扒出的炽热的炭火，炭火由红变黑，再由黑变白，或由红直接燃成灰白。

火盆里白、黑、红杂糅的颜色，象征了家庭里老、中、青三代人荏苒的时光。炭火闪烁着从眼眸到胸膛里快慰的温暖，灼热着从指间到心间偾张的血脉。

铁筷子如手，小铁铲似足，在炭灰之上和火盆的外沿手舞足蹈。

街坊四邻来串门，总要让到火盆近旁说话聊天，显得庄户人家亲热有礼。

姥姥常常是火盆的守护者，我们姐弟围在火盆旁边说笑打闹，听姥姥讲家长里短和好听的故事，还有对我们姐弟的训斥与夸奖。

我母亲是姥姥的独生女，当庄的婆家。姥爷离世后，比姥爷小十岁且不满耳顺之年的姥姥，在那年中秋节前被我父亲接到家里。

从我记事起，姥姥就和我们吃住在一起。姥姥四季不闲着，身影匆忙。春时在屋前养牡丹和芍药，夏时用艾草和栗花拧结火绳，秋时将白净柔软的棒子皮和脱了皮的桑条，编制成大小薄厚不等的蒲墩与或圆或扁的篮子，冬时就爱照看着暖暖的火盆。

姥姥是抽烟的，嘴里衔着尺长的烟袋。烟袋嘴和烟袋锅是黄铜的，我们的脑袋经常因争吵和不听话挨姥姥的铜烟袋轻微敲打。

那时，我们兄弟姐妹五人，在火盆前烤火也需要抢占位置。离火盆远，冰凉的手就不解冷。离得近，双手张开，罩住火盆，别人又不得烤火。我的手脚一到冬天就被冻伤，总愿意靠近火盆，烤着烤着，就放浪形骸起来。

姥姥发话了："老久，你稳当会儿，让你弟弟烤烤。"

我和弟弟一边烤火一边推来搡去。姥姥又下令："你们俩，别扔胳膊炝腿的，蹄爪不闲，给姐姐挪个地方。"

姥姥行动利索，说话简短，却透着威严。我们姐弟都怕姥姥，我父母也十分敬重她，这跟姥姥的出身和经历有关。抗战时期，姥姥是村里的妇女主任，经常组织村里积极上进的妇女给抗日队伍做被子、衣服和鞋子。冬天里做针线活计，火盆派上了大用场。和日本鬼子艰苦抗争的年月，夜里不能生明火，姥姥就用火盆将冰凉的白薯煨热，给区里来的八路干部吃。

听母亲讲，姥姥有个侄子，叫曹万，是共产党员，在一个地冻天寒的深夜，被汉奸告密，抓走了。被捕前，曹万用火盆砸死了汉奸，一个鬼子受了重伤。曹万就义那天，姥姥在火盆里笼起了大火。姥姥的目光射出如箭之仇，火光掀起似浪之恨，目光连着火光，像一把仇恨的铁锤狠狠地砸向鬼子。

母亲还说，自己十几岁就以赶集或走亲戚的方式给咱队伍送信了。姥姥将母亲的棉衣拆开，把信缝进去，有时也放在兜兜里或草筐和破篮子里，孩子家不容易被注意。母亲机灵又格外小心，还不怕吃苦。

母亲每次去送信，姥姥都用火盆的热灰给母亲焐一个鸡蛋。姥姥扒拉炭灰时，眼睛有些红。母亲问姥姥怎么了，姥姥说眼里进了灰。母亲后来懂得，那是姥姥怕母亲送信失败，担忧出的眼泪。一个鸡蛋，仅仅是对母亲的危险之行和姥姥慌乱内心的一点点安慰。平时，母亲吃不到鸡蛋。

姥姥是爱我们的。姥姥总愿意在火盆的支架上放上凹形小铁片，干爆一些玉米、花生、栗子给我们吃，那是当时梦寐以求的好食物。我们总是争抢着火龙筷子，夹起红红的火炭给姥姥点烟。虽然姥姥常训斥我们，但我们不恨姥姥，知道姥姥是为我们好，希望我们长大成才。

我上小学时，姥姥把旧房拆了，帮衬着父母盖了四间新房。房子是两个小间、一个两间一明的大屋。冬夜寒长，为了保暖省火，一家八口人睡在大屋的一溜火炕上。经常是我们睡醒一觉了，姥姥和母亲还坐在炕尾的火盆前没有睡，不是给我们缝补衣裳，就是给我们做鞋子。给我们的棉袄棉裤掐虱子、捏虮子，几乎是每天晚上必做的事。姥姥有时用笤帚疙瘩将衣裤上的虱子扫进火盆里，线缝里的虮子就用牙咬嗑，然后就听到火盆里爆出嘭、嘭的响声和姥姥嘴里发出叽、叽的动静。

早起，我们是被屋里地下的火焰唤醒的。母亲一早就生火做饭，姥姥也起身倒掉火盆里的灰烬，在火盆里把棒子骨头摆放整齐，从灶膛取火点燃火盆。火苗升起来时，姥姥将我们的衣裤拿到火盆上烤热。火盆里差不多都是红火炭时，姥姥又将火盆端到灶口，从灶里铲出带火星的柴灰把火炭蒙上，给火盆保温。

接下来，姥姥给我们手脚上的冻疮擦药水、抹药膏、敷纱布、系绑带。这时的姥姥，眼神柔和，满脸慈爱。

后来姥姥走了，走得很急。我在部队没能回来看上姥姥一眼，可我手上冻伤留下的疤痕依然刻着姥姥的音容笑貌。还有那火盆给我们带来的温暖的岁月，在记忆的山川田野，每每想起，如春暖花开。

母亲一直怀念着姥姥，常常念叨着姥姥生前的旧事和喜好。后来母亲也养牡丹和芍药，也用栗花编火绳，到了冬天，还用火盆生起炭火。母亲就那样默默地看着火盆，不像在烤火，而是想着那风雪的日子，想着姥姥，想着做儿女的我们曾经有过而此时散去的欢笑声。

我们回到母亲身边时，母亲还是用火盆暖人的炭灰给我们煨鸡蛋、花生和栗子，也给父亲用茶缸子烫上一壶老酒。

母亲八十五岁生日时对我说，一次老区长路过咱村来到姥姥家，吃着姥姥用火盆煨热的白薯说："凤兰这孩子像这夜晚的星月一样耀眼好看呢，我们就叫她星月吧！"老区长爱抚地摸了一下母亲的头，走进了黑夜。

母亲说话的劲头幸福而自豪，我可以这样肯定：母亲望着老区长的背影，眼睛像星月般闪烁着明亮，像寒夜里一盆正旺的炭火。我知道，凤兰就是母亲。

当时我想，母亲送信也可以说是披星戴月，没有早晚。在那风雨如晦、暗无天日的抗日岁月，母亲就像星星和月亮在夜晚发出晶莹的光亮，那是希望的火种，终将带来一片曙光。

如今，母亲的身体早就枯瘦弯曲成一张残弓，近九十岁的时光之弦，已无力弹起挥臂的蓬蓬之气与迈步的勃勃之势。母亲是靠双拐移身挪步的，左拐拄着缕缕春风与皎皎秋月，右拐扶着滴滴夏雨和皑皑冬雪。我看见浅云里的娥眉月，是逆水而行的一叶扁舟，像极了庭院里蹒跚的母亲。那双拐和母亲一同跋涉，恰如云层罅隙中弓月的双桨呢。

星儿点点，月儿悠悠。一个曾叫星月的老人依然在冬夜笼上一盆炭火，用颤抖、缓慢、吃力守护着温暖。

火盆，曾是我们过去家庭艰难生活的用具，它如火炬一样，凝聚我们的心，召唤我们的情。坚强的躯体中，有着滚烫的胸怀，绵软而谦逊。姥姥像火盆，暖着母亲。母亲像火盆，暖着我们。我们也像一个个火盆，暖着孩子，暖着时光，煨热我们的爱心、敬仰、梦想和激情。

忆老井

从城里回农村老家，有好几条道路可走。一条条或肥或瘦的道、或宽或窄的路，以平坦的舒展之姿，或弯或曲，或起或伏，裸露出沥青和水泥之色，或黑或灰，或韧或硬，从东西南北或拥或抱、或牵或拉、或托或举、或扯或拽着时常静谧、偶尔喧嚣的村落，最终连着大街，接着小巷。

路口多，村口亦多。每次从村口到老家的院落，我都选择经过一段大街，因为街心有一口非常老旧的水井。我在回想中确信，这口水井曾是村里人用水的源头，也是尽头；是村庄通向外面各条道路的始点，也是终点。

水井在村子大街的当中，我是吃这口井里的水长到十八岁的。后来我当了兵，也算告别了这口水井。但这口井的点水之甜润在我的记忆里久久雕镂，滴水之恩情在我的心间深深铭刻。

再后来，这口井被填平了，并在上面罩上了一个圆形的花坛，坛中栽上一棵椰子树，不过是仿制品。

此树，思之，显示了村人因居北方而对南方的向往；想之，触动了村人要将热带温婉的风光"娶"进村庄的意念。

现在，坛有些破败，树已面目全非了。坛与树，像一个感叹号，表达着村里人从此处走向各个村口、奔向条条道路和归来时荡漾的心情。

水井虽被掩埋了，我相信水依然在，还会跟着每一条道路流动。水会跟着人的脚步一同行走，有来有往。每当我从此处经过或驻足，我的眼前总是浮现出那口水井。

井台约五米见方，分上下两层，上层比下层缩进尺长。下层是毛石垒砌，上层由粗实的条石当外围，用有条纹的大青石做井眼。大青石，灰中泛着淡蓝，蓝里染了浅青，厚实规整，正面光滑、绵柔、平展，呈长方体，两块大青石刚好合成正方体。井眼是在打磨好的大青石上挖成，一块大青石一个井眼，两块大青石拼接为一对井眼，左眼居北，右眼住南。取水的村人可以从两个井眼同时取水，互不干扰。提水时，人们说笑着，井台上下十分热闹：一只水桶晃晃悠悠缒向水波，带去叮叮的梦想，装着咚咚的渴望。另一个水桶流流洒洒攀向井口，带回湿湿的满足，装着沉沉的甘甜。

记得早先井台上有一架水车，当水车的轮把摇动时，光亮的水流就从铁簸箕里潺潺涌出。铁簸箕像伸出的长舌，显出金属的钨色涂抹了锈红，长舌仿佛十分干渴，近乎凶猛而贪婪地吞噬着水流，而溢到水桶里的仅仅是三尺垂涎。

从东西两个方向看，井台由大中小三个正方形相叠，还有一对水汪汪的井眼，好像一个胖娃娃的笑脸。井眼常常噙着泪水，水车充当了爷爷或奶奶的一只长满红黑斑点的手，在给欢乐的眼睛拭泪，反倒是，越擦越流。

年岁幼小的孩子，望着水车冷峻的身架和生硬的面孔是有几分害怕的，当井水从铁簸箕流出来时，却从眼巴巴的着急中生出了手舞足蹈的喜悦，使劲地想挣脱母亲的怀抱跃跃欲试。

母亲无奈，做父亲的抢过孩子，倾斜着将孩子的小嘴巴投向铁簸箕，水猛然将孩子的满脸亲吻，冰凉的刺激后，孩子的叫声和小手的挥舞、小脚的踢蹬解释着这一次不平凡的体验，泪水也不能确定是幸福还是痛苦的答案。

泪水是咸的，被刚沾着甜的井水陪伴着，滴滴水珠是劝解，一片湿痕是安慰。孩子已扑到母亲的怀里，偶尔回头乜斜水车后，又扭头扎进母亲的拍哄中。

那是以犁铧为主的农耕岁月，水车在村人的意识里是奢华的、享乐的，当然也是宏大的、隆重的。可在村人心底，水车是庞杂的、笨拙的，是短时的、靠不住的。

北方的寒冬让水车几近瘫痪。如果说村人鼻孔和嘴里呼出的股股哈气算是言由心生的话，那么井眼喷出的团团白气当是肺腑之言。村人与水井，面对冷硬的铁链和皲裂的皮塞，俯仰之间，犯了愁，作了难，但最终达成了共识，找到了合情合理的解决办法：拆掉水车，改成辘轳。

辘轳在乡村极为普遍，成为文明的汲水工具。如果说水井是一位掩面含羞的淑女，那么辘轳可称呼为躬身执杖的君子，至少也是一位乡绅，或老或少，让人觉出生活气息的浓郁，生命节奏的悠闲。

水与绳的组合，为绵绵，是延续。水井主水，辘轳主木，按着五行之说，水生木，木生水，水木相生。辘轳与井，此乃祥瑞之相，既是乡村幸福日子的源泉，也是简朴时光的留影。

辘轳的一根横木代表着平直，一头担着素白的条石，石让人踏实，教人诚实，寓意实实在在。中间两根圆木相交，承接横木所有的受力，并与其挺起一个豪迈的义字，说仁义，讲道义。横木的另一头安装一个能转动的圆柱形硬木，是辘轳头，头上缚了绳子，如毛发盘起的辫子。硬木的外沿弯出一只似手臂的枝杈，当辘轳的摇把。辘轳头也像男人浑圆的腰身，那绳索又如女人的想念，时时牵绊、缠绕着男人的行为举止。

放桶时，绳子悠悠；提桶时，绳子紧紧。一上一下，一紧一松，有张有弛。总体看，辘轳有腿有手，有身有首，有缠有绕，比拟并写照了村人的生活状态和情感的喜怒哀乐。

岁月有情，但也无常。辘轳在风吹雨打和起早贪黑的辛勤劳作中消失了，只有一条井绳散乱地瘫在井台上，像静卧蜷曲的蛇。在阳光下孤单，在月色里失意，在星亮中哀伤。

单独用井绳吊桶取水，需成年人使劲用巧，当桶触到水面，来回荡动，赶走漂浮物，然后猛地将桶口向水面吞吃，有的只一下，桶就满了，如果不满，便再将桶沉入水中。往上提水也是拔绳的过程，人叉开双腿，立于井沿，两腿两臂左右互动，桶在井中晃，水在桶中荡，水桶在晃荡中走出了井口。此时的人，就是一个能呼吸的直立的辘轳。

井绳，在井口滑出了深重的磨痕。一道道渠印，是手臂拉动绳索对岁月的雕刻。这里，有我父亲的手臂对昼夜的抻拽，有我母亲的手臂对四季的拉扯，还有我三个姐姐的手臂对井中闪烁的日月星辰梦幻地打捞。

从井台到我家要经过一个近百米的小巷，我常常欢快地跟随父亲走过小巷，去大街的水井挑水。我在父亲身后或身前，得意地或走或跑，或蹦或跳。出了小巷，来到宽敞的大街，心情豁然开朗。父亲提水拔绳有力的身姿大大感染了我，我忘形地或摹或仿，或甩臂或屈腿，然后随父亲装满水的担子迈向小巷，带着收获的感觉回家，真的很亲切、很澎湃、很快乐呢。

挑水的担子沉重了，父亲的脚步反倒轻快了。担子颤颤悠悠，水桶起起落落。一桶容蓝天起伏，一桶纳白云跌宕。小巷北口指着燕山，小巷南口向着滦河。总是自豪地觉得父亲的挑水担子，一头担着燕山的木石花草，巍峨而俊秀。一头担着滦河的桥船波浪，奔腾而柔媚。

从小巷一次次走过，往返来回。春天里，父亲的挑水桶荡漾出的水波让道边的小草青绿了。在夏季，湿润了爬满小巷墙壁的黄瓜花倭瓜花葫芦花豆角花，引来了蝴蝶舞和蜜蜂唱，引发了雨季的到来。秋阳下，水桶溅出的水珠让小巷金黄的落叶增添了另一番韵味，像伤感，似乡愁，如思念。严冬时节，桶水流洒的点滴，在小巷的冻土上镶嵌下一个个美妙的文字图案，叫我辨认，让我挖掘。雪花飘舞时，桶水与雪花，相拥或相融。

从家到井台，从井台回家，无数次走过小巷。开始跟着父亲和母亲的挑水担子走，后来同姐姐们抬水走。抬累了，就在小巷歇歇。开始，水桶不在抬棍中间，总要靠近姐姐前胸。我长得高一点，水桶便向我的后背近一点。长大后，我独自提水，豪迈地挑着水担从小巷走过。姐姐们认同：那架势，忒像咱爹。

当自来水哗哗地走进各家各户，水井骤然退出了村人的生活，在"但见新人笑，哪闻旧人哭"或悲或喜的情景中，逐渐被村人遗忘了。

水井被填平的刹那，我觉得它如得道高僧一样圆寂了。没有人知道它的年岁，只有岁月里那叮叮咚咚的声音，在心中相伴流水绵绵作响。

仿佛悟得：小巷亦如水井，是一眼过往着苦辣酸甜日子的生活之井。巷内，珠联阳光和月色，璧合花鸟与草虫。风霜雨雪拧成的绳索，一直把爱与希望拉进我们的心间。

老井的水，生于燕山，长于滦河。如今，它的后代子孙在村子的每个庭院安家落户，舞之奔放，唱之婉约。

在小巷、大街、道路之下，水之脉与那口老井和我的心是相连的，是一起跳动的。我知道，我和村人一样，肩上仍有一副挑子不能卸下，一头担着朝阳与落日，一头担着新月和满月，忆着那口老井，依然走过小巷，回父母还在的家。

娥眉月及左部遐想

久说：我和娥的故事是在立春开始的。她是一个春天般的女人，且兼容夏、秋、冬不同季节的曼妙与灵性。

我被突然涌来的春潮，还有娥四季情感交汇的浪涛淹没了。我怀抱着春月沉浮，由弯弯到圆圆，再由丰盈到瘦削。

我遥望着娥眉月，那弯银色的生命，凝聚着漫天星辰的明亮。我的心被她点燃，近乎焦灼地看其盈盈起舞。祈盼娥眉月快速长大，仰视她的质朴与隽秀培育出的高洁和典雅。

我和你

很久以前，你是滦水的公主，我是燕地的一个王
我叫久，你叫娥，你是我的妃。我像凤，你像凰
观鸳赏鸯，共宿同游。乘麒驭麟，时翱或翔
我们溪石幽咽，如影随形，雨状爱慕，风般舞唱

如今的春天里，我是路边的一棵垂柳婉约飘荡
你是喜欢蹦跳爱唱歌的女孩，有时也悄悄地忧伤
柳荫下常徘徊等候，间或依靠在我身旁望着远方
你凝眉我低首，你浅笑我轻摇，陪你欢喜伴你惆怅

万年以后，我是一坛沉沉浓烈的老酒，在地下深藏
你几度失恋后，打开它的尘封酌酒消愁，泪水飞扬
我流经了你的血脉，醉了你的爱，广袤随高远遐想
你风雨兼程亦歌亦舞，轮回中我寂寂守候你的馨香

久说：我遥想着太阳赋予万物和人类的光芒，亦照耀着我在
娥眉月上栽种的相思。我要用爱，热切而执着地尽心浇灌。相信，

彼此的挚爱定会茁壮成参天大树，诜诜成林，翠绿蓁蓁。

遐想爱情中战争与和平

1

我知道自己已然喜欢上你，这也许就是爱的初始

和第一次相比，少了羞涩和嫉妒，那仿佛是爱的童年

我深知这次对你，沉静如海上明月，广阔而深远

2

我无法探寻你内心的城堡，不能确定你优雅从容的感受

我要想链接你，就得遐想一场战争，来记录我的爱情

我曾经是军人，而你当下是作家，都有英勇前进的步伐

3

一首歌在我们心中响起，娥眉月在初春的夜空悠然独舞

我们校准出发时刻，为你送上一杯红酒，你的眼有些湿润

我笑着并告诉你这酒是盗取的，你说愿意销赃并一口干掉

4

你知道这场战争的背景是爱情，有些像著名的特洛伊之战

以夺回美人归为借口发动的人神混战，而我的战争只有自己
我的主旨是战胜自己消灭缺漏赢得爱情，需要你记录和救治

5

我们必须布置爆炸、轰鸣、燃烧、硝烟这些场景渲染气氛
同时也得推出月色、溪流、丛林、鸟鸣一些自然风光的衬托
燕山是我的指挥员，滦河提供我给养，长城是我战斗的旗帜

6

让忧愁在爆炸中化为灰烬，轰鸣是真诚在天地间的响亮回荡
激情燃烧着理想和爱情，硝烟恰恰弥漫着你的勇敢和坚强
心中美好的一切和江山多娇，武装并壮大了我的魂魄和力量

7

渴望、信念、意志和追求是我铮亮的装备，已英武列队
打击目标是我的自私、贪婪、粗暴和浮夸，还有卑下的念头
我已找回自己斑斑的劣迹，是肮脏的向导，和我们一起出发

8

我的头部因好高骛远而被击伤，胸部也遭到私欲的重创
无度与过度将我全身刺破伤残累累，你为救我腿和额角流血
我们一直笑对战争的惨烈，经过血与火的洗礼我们彼此致敬

9

残阳下你把我搀扶到烽火台上，扭结成一簇火焰燃向天空

黎明前我背负你蹚过峡口渡口的浅滩，能感到你心跳的春潮

你趴在我耳边叙说你的人生所经历的故事，让我用泪水铭记

10

我们归来，你对无限春光解说自我战争没有凯旋，只是对自己的一次清空，如北方的寒冬将晚秋的残红枯绿清零一样

最后你要去找红酒的主人付费，我说不用，他在战争中牺牲了

久说：我在凌乱、燥热、忐忑中思索着，准备向你敞开心扉。即便是喋喋不休，也要含蓄委婉地表达出我炽热的情感。像你心中的河流，温柔、清澈。

心事对你讲

1

我必须承认自己一直暗恋着你，如寂静的湖水约来落霞

一个轻摇一个轻抚靠岸停歇的小舟。知道那一眼不是秋波

足可以让我心潮荡漾。思的风生水起之后，是想的波澜壮阔

军人情怀注定了我的使命，击鼓而进中，必将大刀阔斧

2

真心爱一个人，容纳了湖光山色的意境，醉了缇红的梦
却有时沉得苦涩，又重得酸楚，再累也愿意担着不肯放下
不管多么疼痛，也得忍着泪水瞧那背影，怕你远行呢
哎一声是忧，牵着剪不断。叹一声是愁，缠着理还乱

3

心碎了，情裂了，体验了凤凰涅槃的坚韧和重生之美
爱的春光里游弋着失恋的云影，花季雨季香艳而伤感
我用最卓越的文字构筑你优雅的田园，捍卫朴素和芳菲
你委婉地描述了自己的心结，我说挚爱你，便概括了心情

4

夕阳西下，断肠人在故乡，悲壮如山苍凉似水伤痕若云
夜晚笼罩着战争的烟云，忐忑中等待着十五的月亮释怀
有我虔心敬上的香绕绕，有我替你的善念放生的鱼喁喁
耳畔隐约响起霸王别姬的韵调时，我在阿门之声中离去

5

你说你要调整规划反思修正自己，却关了我七天禁闭

不容置辩就狠狠地惩处了我，反让我感到你的关心疼爱
我们通宵达旦地倾心交谈，这亲密关系触动了我的欲念
没有你的生活没有感到无聊，只是思念正酿造无奈的落寞

6

夜晚的月升桎梏着我的无眠，清晨的月落失意而惨淡
提前请出牵牛花做我红颜，从夏回到春于梦中传播爱的宣言
月落下去需要我默默地等候，月升起来就觉得，有你真好
让我的胸怀承载你所有的烦恼，我的广阔更会接纳你的一切

7

没有酒的夜晚竟然如此清澈，若醉了酒也许就朦胧了许多
月色执教明暗，心情讲解乐忧，孰轻孰重，于我必取决于你
透过让我茫然兼郁闷的假象，觑见了你漫延着美兮的风流
翻越使我忧悒并犹豫的障碍，领略了你飘逸着妙哉的风情

8

越过千山万水穿过层层星夜与月色，穿越无数粉黛的媚笑
从蹒跚上路踽踽独行到心无旁念安然飞翔，遇见你美好自在
比三十年要长的寒窗，书生不舍，问询嫦娥是否饮了桂花酒
比八千里要远的征程，结下你我的尘缘，感慨着云肥月瘦

9

我常常挑灯读经，也闭目修佛，双手合十请教圣僧敢问芙蕖
我的红颜挚爱若轮回红尘，我何必执迷菡萏所谓大彻大悟呢
　　与青莲举杯同易安说愁，采撷三闾大夫忧国忧民的香草和摩
诘的红豆，将历史的妖娆和我的心一起虔诚地呈现给你的微笑

10

立于天地间我遭受多次重创，这是岁月在证明我是不屈的人
我鼓舞自己也对你说：路漫漫其修远兮，吾将上下而求索
不管在哪里，无论在何时，我将和日月山川一同等候着你
即便非沧海水巫山云，或相忘于江湖，不要哭泣，不可言弃

久说：走在三里河岸，水流澄碧而舒缓。倒影之中，高树的
冠和花丛相依，矮树的身同水草相拥。两岸的郁郁与满河的葱葱
相视而笑。无论举头望天，还是低头看水，都在河的怀抱。

无　题

你若是水，我不选择当陶器
我的性情，铮铮铁骨只有做刀
太白抽刀断水，水更奔腾，刀无助

只想磨砺时，我们才热烈相吻

你若是酒，我不再当各种酒器
我的柔情，被春花秋月香冷成愁
酒仙举杯消愁，愁更浩荡，酒无奈
酒总是遇到愁，夏蝉冬雪为证

你若是河，我不是漂泊的舟楫
我的爱情，注定我是你岸边的树
诗仙散发弄舟，汪伦送别，树无语
却簇拥你不离不弃，连倒影都在你怀中

久说：当下，娥要将我软禁，命我完成以下文字。

她叫我久哥，写下九个小题目让我抒发，让我流泪，让我醉饮，让我笑吟。

男人和女人

跪拜盘古大神和女娲娘娘，开凿了华夏人的先河
我们奔涌成了子孙后代，男人成左岸女人为右岸

耶和华创造了伊甸园人，亚当和夏娃被逐出后

才成为真正的男人和女人，爱与苦开始繁衍生息

男人的一半是女人，左岸右岸构成一条生命的河
激流同浪花舞唱，男人和女人痴爱着同一首歌

我和娥原本是一个人，娥做了女人我就成了男人
经过千辛万苦地追寻，我和娥爱成了流淌的小溪

久说：这个春天，有你，有爱，有不辜负的不打扰，有不辜
负的真心努力，我会尽力做好每一天，朝着既定的目标前进。已
经不成眠，看书写字了。娥，把万分想念，换作我清晨的一写一读。

冰与火

上善若水，娥如春水与青山相依，青山不动水长流
冰是水的亭亭玉立，水的另一姿态，在静默中聆听
是失恋的固态，零度以下的等待，在晶莹里凝重
冷艳成梨花白、莲花净，碎裂在夜空，化作了月和星

大爱若酒，我如醇酒畅想着岁月，漫漫人生悠悠酒意
火是酒的轰轰烈烈，酒的壮丽和燃烧，炽热的启蒙者
象征恋爱的力量，比醉意美得耀眼，对真金至诚的锤炼

火热烈成玫瑰红、木棉情，集结成太阳，云霞红艳满天

冰源于水，酒出自火，冰如梅花喜寒，酒似桃花爱暖
酒的精神是火，冰的内涵是水，水与火是阴阳的默契
娥与我的相逢，是冰与火的相遇，酒和水也微笑着鼓舞
冰火相拥，流下相濡以沫的泪水。我和娥，如醉如痴

久说：娥从远方给我发来了图片和文字。我回复如下。

想念的娥宝贝，早上好！深情且有些猥亵地重温你的面庞、字迹、旧梦和相思，新愁又起。想对你说的话可谓是万语千言，但我现在只能大段落的默默无语或此刻的寥寥几句，唯有静静等候。新的一天开始了，我期待，我憧憬，我豪情满怀。昨天尚好，今天真好，明天会更好！

虚与实

虚虚实实，虚中有实，实中有虚
我于你是实，我之外于你是虚
你于我是实，你之外于我是虚
我于你是虚，我之内于你是实
你于我是虚，你之内于我是实

我于娥是实，我之内于娥是实

娥于我是实，娥之内于我是实

我于娥是虚，我之内于娥有虚

娥于我是虚，娥之内于我有虚

月亮于我们是实，月色于我们是虚

赞美月亮的高洁，喜欢月色的柔美

山川于我们是实，江山于我们是虚

热爱山川的锦绣，捍卫江山的多娇

我爱娥的疼痛是实，快乐的感觉是虚

娥对我的牵挂是实，幸福的心情是虚

我若是实娥若是虚，天地间星光朗朗

娥若是实我若是虚，红尘中爱意洋洋

久说：娥，你于我，山呼海啸般的想念之中。我的魂已被你牵走，我在最痛的爱中，真愁、假笑，傻傻。

诗歌与远方

诗是高山、小草的歌，歌是长川、小花的诗

诗歌是乳汁、泪水和鲜血研磨的抒写，恣意吟咏，纵情呐喊

饮酒者的清风明月，羁旅者的相思乡愁，流浪者的伤怀感叹

远方在哪里？远方有多远？翻开历史的长卷吧

屈子、李白、苏轼、李清照、文天祥分别手持着

离骚、将进酒、水调歌头、声声慢、过零丁洋

跃入眼帘，浅吟低唱、长诵高歌之声，感天动地

那里有多远呢？诗歌与远方，一念即可、一目即赏

太阳、月亮和星星，就是我们心中的诗歌

从古到今被人歌咏传唱，诗歌的长河流向远方

远方有远方人的守望，日月星辰过去和现在一样

我在故乡，娥在他乡，我和娥站成了彼此的远方

娥是我生命的诗歌，诗歌和远方都在心里吟唱

久说：那天，我和娥都知道要相见。不经意中，我们的穿着巧合得让彼此骤然惊喜，突发感动。我穿深蓝西装上衣，浅黑下衣，娥着黑色长款皮衣，淡蓝牛仔裤。

蓝与黑

我与娥相见，裁了蓝天的涯制上衣

娥与我相见，剪了大海的角做下衣

蔚蓝连湛蓝，海天一色的和谐相挽
我和娥的衣，让蓝色勿忘我做宣言

我对娥相思，将黄昏后的夜做下衣
娥对我相思，用黎明前的夜制上衣
前夜接后夜，彻夜不眠且互诉衷肠
娥和我的衣，是黑夜里温柔的梦乡

久说：窗外，玉兰花盛开。街道上的花树已经花蕾点点，千花重重，万朵叠叠。红红，颤悠悠；粉粉，颤巍巍。河岸柳树的丝绦千条、万条，随风舞动、欢声吟吟、笑语盈盈。

熟悉与陌生

陌生是相知前的荒芜，熟悉是相识后的开垦
即便熟悉了还是陌生，彼此的心没有过微笑
陌生的将走向熟悉，熟悉的亦会退位给陌生

我和娥一样开始于陌生，春天的气息介绍相识
我知道我和娥将走进夏季，还有秋月和冬雪等候
我相信我和娥的三生缘分，但我要跟娥风雨兼程

久说：娥，要和你说句不该说的话。我知道自己在慢慢变老，懂得了感恩，知道了羞愧。我俯首，我躬行。萎缩成最后的死去，无声无息。不打扰，舒展自如。

静默与喧哗

静默之后会有喧哗，喧哗之后会渐渐静默
喧哗中包容着静默，静默潜藏着巨大的喧哗

我读书的时候，自己是静默的，书里是喧哗的
当我大声喊叫时，四周是无声的，静默与喧哗同在

我是喧哗的，娥是静默的，如水波漫过水面
娥是喧哗的，我是静默的，像轻风泛起涟漪

我爱娥，时而喧哗时而静默，怕真的失去
娥爱我，有时静默有时喧哗，怕失去了真

久说：娥依然在他乡，却成故乡。我在故乡反倒成了他乡。一切无须勉强，强颜欢笑。想说的是，无论在哪，心情如何，人生最珍贵的是有人惦念你，说："早上好！"有人思念你，说："晚安！"即便你在战火纷飞的时刻，也该用微笑回复。

我和娥相识之后，就患上了一种病
愁肠已断的感觉，春天加重了病情

这种病无药可治，愁上愁后痛上痛
我知道不用寻医，扪心自问是心病

解铃还须系铃人，娥是病因能祛病
说是无药却有药，娥是我病是我药

久说：我必须承认，自己的确生出一种病。一种心病，忧愁
的、无奈的、颓废的、无力的状态。所有欢乐的、自由的、昂扬的、
力量的都被一个人拿走任其主宰。

病与药

春风裁剪出新柳，燕子裁剪了我的心思
像刚出生的小动物摇摇撞撞，心里趑趄
痴呆的、惆怅的、倔强的样子显示了病态

黄昏的网没能捞起太阳，却拉起一夜月光
苍凉如水，热乎乎的渴望被泼得阵阵发抖
星星落入眼里砸在心上，每一颗都被染红

失眠是夜晚的崇山峻岭，无奈正坚强地攀爬
梦像湖泊，有搁浅的木船，有鱼群倏忽而纷乱
在黑夜里跋山涉水的爱，累累伤痕却默默无语

一粒艳艳红豆，历经千山万水拯救我的心灵
看那处方上的药名，写满了一个女子的相思
春天里，我快乐地服着红豆寻着柔软的忧愁

久说：我们已习惯"长久"的说法和祝福，今天要把长与久说说。
娥想和我长长与久久。

娥，我们已然面对，让我们牵手、连心。你是美丽的白天鹅，
来红尘中慈悲度我。

长与久

你飘长袖我穿长袍，你戴花冠我结兰草
你舞长绢我执长剑，你拨琴弦我举杯盏

你吟长诗我读孔孟，你挑灯花我送香茗
你咏长歌我念老庄，你望明月我守梦乡

你长相依我长相忆，鸳鸯双栖风雨不弃

你长相知我长相随，蝴蝶双飞情深意醉

我们登长城望云烟，春漫南北气象万千
我们观长河赏日出，一个自强一个不息

我们驾长车去远行，长路漫漫不改初衷
我们驭长风破巨浪，长帆高挂长驱苍茫

我们铺长云白鸽飞，大地织锦江山秀美
我们展长空鸿雁翔，理想长啸充满希望

我们长烟里长叹息，长川奔涌如长相思
我们长亭外折长柳，长长相送久久等候

我们长夜独守凄凉，月光长长滋生忧伤
我们长谈岁月蹉跎，黎明孤寂黄昏落寞

我们要万里长征，道路曲长困难重重
我们憧憬气贯长虹，长笛轻扬长号隆隆

我们展开爱情长卷，心心相印绿水青山
我们情绵绵意缠缠，天长地久日月可鉴

久说：娥明天就要从他乡回到故乡，但还有一条黑夜的河流阻隔着我们的重逢。无星、无月、无光、无船，且巨浪滔天。我要用星愿、心月、灵光、梦船强渡，去守卫娥的心城。

等候新愁

一个漫长的等待，心潮中已逐渐倒塌
最后一扇厚重的夜，在我面前依然关闭

我心存柔弱温和面对，欢喜与忧愁做成的锯子
将夜分割：一段相思，一段幽梦，一段无眠
栽植春天里，蝴蝶培土，燕子浇灌，蜜蜂采光
相思化作了春风，幽梦开出了春花，无眠升起了春月

邀来喜鹊预报你的即将归来，红豆主讲燕山情话
我作为男主角马上进入剧情，滦河春雨飘荡着新愁

久说：在心城，娥以女王的仪态万方用拥抱的方式嘉许了我。娥传下旨意如是说：你渴了，喝口水。

我的命题有我的思考，我是要写的。但我的心还没有沉静下来，我也怕写的时候太想你。我暂时回避。

你说了一晚上的话都是碎片，没有整体。

　　你打扰了我的休息，打扰了我的作息，打扰了我的生活，打扰了我的选择，打扰了我的一切工作。你要向我道歉，虔诚地，由衷地道歉。

　　当然，我也有个毛病。喜欢被人使劲地搂着，窒息的感觉。一个是霸气，强烈的需要。另一个是缠绵如水。

在一起

明年的春天

依然会下雨

而我不一定走进那场雨

现在畅想那场雨

算是提前步入吧

那场雨会撑起一把伞

打伞的人走路匆匆

也会驻足或转身逡巡

好像在寻找什么

我曾经对她讲

下雨的时候

我会找你，大声喊你

和你在一起
你笑了，使劲地点头

然后，你哭了
牢牢地抱紧我
浑身颤抖着
我仿佛被泥巴裹住

雨中缠绵也忧伤
我在找你，大声地叫
亲爱的，你在哪
像疯子，不畏风雨
在找，再找
伞下的人
始终没有你

太阳出来了
天好蓝，白云在笑
我醒来时，满脸泪水
你笑着，噙着爱意
正抚摩我的脸颊
还有眼角执拗的委屈

说我也在找你，在喊你
我们永远在一起

久说：我热爱长城，喜欢花朵。我带你去三个关隘观赏杏花、桃花和梨花盛开的姿容。

喜峰口·杏花

河流恋着山峦，如蝶恋花，幼婴恋着乳母
滦河也不例外，敬仰长城，爱慕着燕山
嫩绿的牧草唤醒跳跃的羊群，从草原潺潺而出
低翔的云朵悄语葱郁的森林，随日月款款而来
山衔着水，水绕着山，倒映出山水缠绵的美丽
千里长河与万里长城脊背相依，塑成喜峰口千古绝恋

战争的烟云笼罩了燕山，喜峰口长城凄风苦雨
一九三三年三月，一个正午，母亲在烂漫山花中降生
褪褓中的婴儿，在大刀的呼啸声中嗷嗷待哺
喜峰口的残阳碎裂成雨，浸染杏花如火
血色花蕾和刚出生的母亲，一个愤怒，一个抗争
燕山呐喊，滦河咆哮，长城挺直的脊梁如锋刀利刃
山川刀光闪闪，花草喊声阵阵，喜峰口在阳光下威风凛凛

可歌可泣的民族气节，悲壮成静默的历史

此时，三月的喜峰口，杏花怒放成霞
点燃了我的遐想，映红了母亲八十五岁的安详
燕山昂然，滦水欢腾，喜峰口流传着一首奋勇的歌
春风轻柔，仿佛有一种喊杀声混合血流的奔涌喧嚣不止
殷红的杏花铭刻着喜峰口历经的风雨
昭示世人，警示未来

青山关·桃花

五百年前，戚继光重塑了青山关的容颜
浩然正气的禀性，以山崖为基修建了水门
柔情似水的心性，移植了桃花源里的桃花

五百岁的戚继光在后人的心里灿然
五百年的水门在今人的眼前落寞

英雄守卫水门在深浅桃红的荡漾中，
北望长城气壮山河
崔护的此门桃花香艳千年又在眼前妖娆，
不是寂寞开无主

崔护的此门是等待，桃花是迎来
英雄的水门是御外，桃花是怀念

而非乱红轻薄如雨，却是执意万山红遍
千年桃花，万里芬芳啊
是赤子炽热胸襟盛开的灼灼其华

白羊关·梨花

秀媚的斜阳下，白羊关是一位端庄的红脸将军
浅红色大理石俯卧为长城的基座，千古雄姿
将军腰系大理石玉佩威风儒雅，名垂天下
朝霞和晚云将玉佩当作故乡，如晨钟暮鼓

漫山的梨花，像皑皑的棉，簇拥着长城的蜿蜒
山下的梨花洁白如雪，山上的梨花绵柔似云
白羊河流过白羊关，将军的心底荡起涟漪
春风喊着红霞，红霞伴梨花妩媚，梨花携浪花婀娜
点点浪花点点情丝，寄托于将军的热泪沾襟
片片梨花片片相思，将军的寄情深远而凝重

水乳月色中，两翼的长城是将军的纶巾

梨花若纱，朵朵拼接成将军手中的羽扇

白羊河像裹着绸缎的窈窕淑女，矜持地依偎着将军

玉佩是挚爱的信物，梨花扇是热恋的凭证

月光下我崇敬地端详着将军的容颜，威武而柔情

聆听流水，那亘古至今婉约的独白是将军的心声呢

倚靠着暗红的玉佩，观看梨花赏月典雅的风姿

月色给梨花添了银白的愁，将军的缱绻触动我心缠绵

白羊河的流水映着日月，白羊关的梨花爱着山河

我正穿越将军的爱情时空隧道，惬意但有点羞涩

娥说：又霸占了你一个晚上，对不起！是因为我纵容、引诱
了你，不是因为彼此有足够的喜欢。

追寻吧，补上我年轻时你逃掉的课程。

信赖和真爱的人，心一直在一起，从未分开和走远。

让我在你的阅读和写作中，默默陪伴吧。

我想你是一种习惯了，不知该不该这样。哎！

欲望与爱情

水洼、水坑、水塘，大大小小，高高低低

朝向天空痴迷地眨眼，贪婪地大喊大叫

诱惑已不再伪装，变成了喧嚷和直接进犯

白云受到惊吓跌落水中，并失手扯下一片蔚蓝

断断续续的声音被飞鸟衔走，交给柳枝梳理

白云爱着蓝天也恋着河流，河流牵挂着蓝天白云

河流与白云共舞，还有水的柔情和雨的浪漫

流动的天光云影，在河流舒缓的节奏里闻鸟语花香

群星簇拥月亮的夜晚，河流洗涤着星月的梦想

流水怀抱着悠悠的白云，一边梦呓，一边低唱

久说：在一棵棵俊美的榆叶梅前，娥和我不期而遇，盛开的花朵赤红而艳丽。我们握手。在晚霞消失的时候，我们又握手。后来，娥登上了很高的一幢大楼，从窗口挥手并叮咛着和我作别。

我握住了你的手

1

眼前榆叶梅的花朵羞红至极的时候，我握住了你的手

朵朵鲜花红艳了你木棉的心怀，盛开了我橡树的情韵
你的手，柔成春兰、媚似夏荷、净如秋菊、白若冬柏
我好像，好像握住了你四季如春的岁月、晨曦和晚霞
而我握紧的恰恰是你温润的生命和你酥软的爱意

2

夕阳正红并赠给云彩铁骨酡颜的时候，我握住了你的手
这是即将离别的紧握，犹如落日的告别却要尽染山川
我仿佛，仿佛握住了一条河流的理想、一方山脉的魂魄
可我明明握着的紧握的是你的善良和贤惠、多姿的美丽
你的手是沉默的，却胜似千言万语，但也不能说尽心声

3

你和我的手在抽搐中瑟瑟分开，我凝视你渐行渐远的背影
我已无法握住你的手，你的手从一个高高的窗口伸出来
像云在高处舞动与我作别，是不舍的离去更是不弃的挽留
一句句柔情的话语从你的手中飘落，我挥手捧接却落在心上
你的手消失的时候，那个窗口是空空的只佩戴着鲜红的余晖
我泪眼望着也祈求着，让我的心去穿越，去紧紧拥抱你的心

我曾经

我曾经请出唐诗、宋词、元曲中怀春的女子
陪你游园，与你相思，同你忧愁
你既没有黛玉的惆怅，也没有纳兰的伤怀

我曾经挑选那么多文字，艳丽的质朴的婉约的豪放的
在一部厚重的情书里，构想、塑造、描绘、赞美你
你却创作了自己的爱情，形象鲜明、丰盈而生动

我曾经带着你去拜访文学名著里的女主角们
你开始踌躇后来却义无反顾，要学织女白蛇孟姜英台
歌颂女娲补天、景仰夸父追日，你成了我心中的女神

我曾经举着红酒杯，绅士般地对你微笑或沉思
端详或遥望，皎洁的上弦月与灿烂群星泛舟
你用善意的目光审视我的神情，说自己是娥眉月

我如今用原木、青藤、百花、香草搭建你的木屋
书架上有你喜欢的书，安放一些我酿造的红酒
我不在的时候，你读书或端着红酒想我的往事

久说：我因血糖的高度（餐后17.7）住进了医院。在进行馒头餐的早晨，我和娥讲述了吃馒头、喝清水的感受。想起小时候对馒头的渴望，历经几十年的生命在泥淖坎坷、风霜雨雪中，像画面一样徐徐展开。娥让我用诗歌记录心路历程。

馒头的思想

暮春的清晨将万紫千红，托付给东去的滦河流水
一片浓绿，一片淡绿，随淙淙之声、泛动的波光
在深浅的跃动中，排兵布阵一样簇拥在我的窗前
擎起刚出生的太阳作旗帜，晨曦飘扬、晨霞飘舞

我盛情邀请糖尿病入住身躯，在这个自然的青春
一个三两的馒头和一杯白开水，开启了我的盛宴
咀嚼中，面粉的味道有了亲切的麦香和岁月回望
啜饮时，水的苦涩与甘甜体验并注解生命的过往

小时候在乡村没有馒头的倩影，中学里才睹姿容
面带微笑和细嚼慢咽，是年轻的心对馒头的敬仰
春天里，稚嫩的梦想追逐绿色麦田里莹亮的渠水
夏季中，渐渐壮实的情感在阳光下荡起金色的麦浪

当兵时的馒头香喷喷，让强健的体魄冲击障碍目标
月光下站岗放哨，甜滋滋的味道坚定了信念和理想
圆圆的馒头恰似一枚月亮，牵过去的时光连他乡故乡
那时的岁月澄澈如溪流，欢快地婉转，欢畅地向前

而如今，我们已经丢弃了馒头，在角落里被深深地遗忘
五光十色的豪华大餐，在觥筹交错的迷醉中消耗殆尽
食物被我们疯狂吞噬和糟蹋，我们被食物打得落花流水
于是我们生病、救治、死去，让馒头反思生命的真谛

久说：虽然将近暮春，却依然是花的河流，仿佛花色有了潺潺之声，花香有了淙淙之响，娥和我泛舟其上。我们是蝶恋花，我们亦蝶双飞。我亲吻娥的柳眉、杏眼、鼻翼、红唇、耳郭。我们鼻尖相抵，我们脸颊相摩，我们热烈相拥。

拥抱你

当太阳拍打着赤红的胸膛，为我们的爱情高呼呐喊之时
我用全部的爱，拥抱你
当晚霞燃烧着羞红的心愿，为我们的爱情红艳满天之时
我用全部的爱，拥抱你
当黄昏弥漫着柔软的温馨，为我们的爱情渲染情景之时

我用全部的爱，拥抱你

当月亮抒发着朦胧的相思，为我们的爱情澄澈祥和之时

我用全部的爱，拥抱你

当星星闪烁着晶莹的叮咛，为我们的爱情见证长久之时

我用全部的爱，拥抱你

当玉兰树花木扶疏，秀逸的花束心底沉香，白色淡泊明志，紫色热切奔放，我心存玉兰，拥抱你

当层叠的梨花洁白若雪，雅致的花蕊织成眼帘，清风吹拂宁静致远，细雨润泽风姿绰约，我心存梨花，拥抱你

当西府海棠亭亭玉立烂漫成一种孤独的爱时，闻着它的芬芳，觑见它的妖娆，几近陶醉，我心存海棠，拥抱你

当紫叶矮樱凝聚成一种端庄的暗红，紫红的叶庄严为诚实，火红的花庄重成挚爱，我心存矮樱，拥抱你

当灿灿的金枝槐娇嫩的黄色叶片，洗刷我的沉疴，和蓝天白云一起净化我的灵魂、追求和梦想，我心存金叶，拥抱你

我全部的武装政权，在你美丽的杏眼掀起的妩媚中，瞬间被颠覆土崩瓦解了，我依然选择，拥抱你

面对或即便想象你月光一样的肤色，依然挥之不去，或者说珍藏着留给你的羞涩，我依然选择，拥抱你

我们同样有高耸的鼻骨，连同你的眼眉犹如弓月一般优美，

挺起做人的慈悲，我依然选择，拥抱你

你的耳廓白皙典雅，静若处子，听到我温婉的话语，传播心的潮音、爱的气息，我依然选择，拥抱你

你轻起红唇，那香甜的话语红酒一般瑰丽让我如醉如痴，我甘愿做你的俘虏你的奴仆，我依然选择，拥抱你

我用全部的爱，拥抱你。我心存百花的千娇百媚，拥抱你

我依然选择，拥抱你

我全部的爱，源于我的心。我的心，会依然选择，拥抱你，拥抱你，紧紧地拥抱你

娥说：立夏，一个有约的周末，我和你去了一个正在开发的景区。我们沾了花惹了草，玩了水戏了鱼，观了鸵鸟赏了火鸡，与狐狸比俏，和骆驼比高。

心

我睡成弓状

心

早已

梦着你

当时明月照

我雨夜读书
心
朦胧
思念你
当时梧桐吵

我花间饮酒
心
醉了
爱恋你
当时春意闹

我虔诚跪拜
心
向佛
保佑你
当时莲花妙

娥说：回首明媚的春光，灿烂得美艳，总会生出一些事情，惨白的感觉。

久说：当我血糖调到了正常范围，胃部粗糙的肿物藏匿着幸灾乐祸的癌细胞，它们跃跃欲试，准备大喊大叫，大发雷霆，继而就大动干戈。癌细胞于它们邪恶侵略的本性要大展宏图，我让自己无有恐怖，显出大义凛然的样子。

我要去天津肿瘤医院，在那里我边检查，边看书，边写作，边迎接探视者。

娥说：我虔诚地敬香，跪拜了观世音菩萨，默念祈求，保佑你抗击肿瘤的胜利。

病与相思行

我独自，乘高铁，带着肿瘤，去天津访问
陪伴的，有信心也有忧虑，有思念也有祈盼
没有孤独和寂寞干扰，亦没有怯懦与恐惧进犯
常泛起的是一缕缕忧伤，像流水，也像孤云

政又一次接纳了我，会再一次陪伴了我
政是我的战友，会也是，他俩是我的兄弟
政有一所大房子，像庙，他念佛诵经
会一无所有，在庙里当厨师，他热衷饮酒问道
我在大房子里学儒兼疗伤，儒释道在一起相安

按部就班的查体是松散的，与无奈的心情格格不入
白天在医院，晚上回大房子，昼与夜分别扮装我的心情

医院被阳光和绿色围绕，修我身并让我体验医疗设备
大房子外是月色与星空，舒我心且容留我与娥谈天说地
娥的每一条信息像雨丝一样，滋润我干枯心田的禾苗
温暖的话语关切的问候，如一滴滴液体注入我的相思

久说：啊！娥在立夏后的第二个周末，来到大房子看我。是
我和彭斯接的站，娥在《忧郁的河》里阅读了彭斯。晚餐寂静而热闹。

静与动

含蓄于宁静

于典雅

于停泊的云

垂雨丝

轻濯柳色

向河中涟漪

低头问莲

浪漫有跃动

有豪迈

有澎湃的心

筑承诺

构建和谐

对爱情向往

昂首高歌

娥说：夜晚，月色还好。窗帘像静止的烟雾，为我们提供了一场必须发动的战争。

久说：第二天上午，娥跟我去了医院，陪我做了两项检查，帮我带着会给我做的小米粥。我是回大房子时，在华哥的车上喝的粥，检查前禁食禁水。

周末两天再没有其他检查，下午，我和娥乘高铁回到了水城。

次日，我一个人回到了大房子，准备去医院接受新一轮的重点查体。

娥说：我们分秒必争地联系着，在淡淡忧伤中欢悦。

念念不忘

一念记起的是愁

一念放下的是喜

我和你，愁与喜

却是念念不忘

愁了色，喜了空

色即是空，空即是色
愁和喜，色与空
是喧嚷也是寂静

天高远而蔚蓝
悲愁起红尘挚爱
地广阔而绵延
欢喜于高山流水

菩提为舵，烦恼是桨
驶过了沧海桑田
领略了云之飘远
松之沉静，水之流长

三生缘定的爱情
领悟诵经的佛心
难舍孔孟的教诲
勿忘老庄的无为

不求滚滚长江
东去的浩浩
无须滔滔黄河

从天而来的汤汤

萤火微光
依旧在星夜闪亮
浪花朵朵
依然为大海增辉

露珠用短暂与微小
映着日月的光芒
我和你，愁与喜
总是念念不忘

久说：离手术的日子越来越近。那一天，在向我招手；那时刻，在跳跃欢腾。

我在就好

不管哪里
我在就好
吃苦是一种修行
生病是另外救赎
能够读书

多么幸福

可以写作

那么慈悲

娥说：下午的一点四十分，距我下午的活动出发时间还有半
小时，午前知晓你明天即将手术的消息，尽管知道或许这是迟早
的事儿。面对手术你表现出来的轻松和无所畏惧，似乎并不需要
我的安慰和赘述，但在上手术台前还是想唠叨几句。

阅读佛意

站在《西藏生死书》上

我曾被索甲仁波切感召

聆听《一切都是最好的安排》的劝告

当下又被加措仁波切呼唤

恐怖成为被放映的虚幻

风掀起一片片橙色的阳光

荡漾一缕缕乳白的月色

仓央嘉措从高山的宫殿走来

带着《见与不见》的爱情宝典

诵出：默然相爱，寂静欢喜

娥说：下午肆无忌惮的微信，总能拨动我想给你打电话的心弦。因为，我知道在接下来的数日内，无法联系，无从得知你的从容与恐惧，你的坚强与虚弱，你身边的热闹与静默。所以，我宁可提前，提前半天、提前一晚上，进入失联状态，那是一种无能为力的选择，也算是对自己一种最愚蠢的保护。

到家了吗？吃饭了吗？在干啥？看书吗？你一连串简短的问话，分散在一晚上的每个时间段。不想去回答，也实在不需要，因为面对你的状态，我或许什么都做不了。就这样在言语上逃避着，却又在内心里牵挂着。

临近晚上十点，没忍住，当然或许也不需要忍。在手机上敲打了以下这些文字：每晚的十点，曾是我们共同的"夜听"时间；也是曾彻夜长谈的前奏曲；十点是九加一的圆满，也是十全十美。这是"久"术前的最近一晚的十点，在家乡水城，托月光捎个话，轻轻地道一声：无畏，不惧！从容，应对！一切都会好起来！书在等你，笔墨在等你，关爱你的人亦在等你。祈祷健康，祝福安好！晚安！好梦！

唯有爱你，我别无选择

天空选择了日月、鸿雁、白鸽和云彩

海洋选择了灯塔、海燕、波涛与帆影

大地选择了高山、草原、湖泊和森林

时光选择了春耕、夏耘、秋收与冬藏

山峦选择了岩石、树木、巍峨和永恒
河流选择了波涛、蜿蜒、豪迈与不息
燕山选择了长城、关隘、英雄和栗花
滦水选择了水城、田园、清澈与轻舟

春天选择了桃花、香草、柔风和蝴蝶
夏天选择了荷花、蝉鸣、细雨与蜜蜂

秋天选择了芙蓉、红叶、月亮和谷穗
冬天选择了梅花、瑞雪、火炉与麦苗

而我选择了爱你，朝朝、暮暮和永远
唯有爱你，无限地热爱，我别无选择

娥说：今天是手术的日子，据你说时间定在下午两点以后。早晨上班的路上，习惯地接通了你的电话，或许彼此都明白这个电话挂断后，意味着这几天联系的暂时中断，意味着彼此信息交流的空白，也意味着另一种无能为力。但这种状态在心里，并没有流露在语言里。

中午加了个班，吃完饭，又吃完你带给我的苹果，躺下看着手机，刚好两点过一点，这是你的手术时间。不知道在亲友的注视下，你是微笑着，还是有些胆怯地被推进手术室的？无论怎样的状态，你都不再自由，要放下负面情绪，放下所有的想法，接受一次生死考验。即便想，也要朝着阳光健康的山川和田野遐想。我虽不信佛，但这一次要和菩萨一起保佑你。让我们铭记二〇一八年五月十八日这一天吧，是你的手术日。我于正午的太阳下，冲着你在的方向合十。

久说：手术推迟到下午四点。张政、会会、满春、大侠、印明、志敏、文斗、保权、刘江都在手术前来到病房。看望是一种温暖的鼓励。我微笑。锁穿、胃管、尿管等管线已经下到我身体里。手机要交出。

无 题

你在我心里
蓬勃着忧愁
盛开着喜悦
葱郁着无奈
像雨中花圃

马上就出征
我对你的爱

是猎猎旗矛

你对我的情

是厚厚盔甲

久说：我在监护室三天，一切安然。在阅读中，并与娥倾心交谈。

娥说：即便在监护室里，疼痛交加，活动不便，即便有种被隔离的炼狱一般的折磨，每隔一两个小时醒来，仍不忘哪怕简短的问候和表情。别刻意，别累着！早安！周六！

无　题

术前有一个习惯

每天沐浴而歌

术后习惯被终止

术前有一个习惯

每天安心阅读

术后习惯在继续

杨绛先生的《洗澡》

文字轻柔如雨

我在阅读中沐浴

娥说：第一天，我理解地告诉自己，你是特殊病人，你有自己的不便，你甚至打字都可能费劲儿，我必须得理解，毕竟能联系上已很奢侈了。第二天，我眉飞色舞地汇报着自己的种种，打下一大段的话语。你的身体在恢复，而你回复的语言却越来越少，只是"好、乖、嗯"。第三天，即便如此，心中还是一团火。你是一个需要各种禁欲的病人：吃饭、洗澡、活动、如厕，还有自由。我理解你，心疼你，远远地注视着你。

却也无奈

每天用心，或无意的
去想你，很多牵挂
回看对话框，满满的
暖暖的话语，好心动

可更多时，都已删除
空空的，冰冷的寂寞
想时和空时，有些感伤
想时是空的，空时总在想

有些心里话，要跟你讲
思来想去，还是不能说出

满满时，好温情啊
就像近距离，相挨着

空空时，一边想
一边愁，情断天涯
无意时，其实埋着痛
只有心知晓，却也无奈

娥说：在监护室里，数着分秒地盼着能出来，盼着可以摒弃
那些束缚和禁锢，做一个自由的病人。盼着进普通病房，能见到
亲友，与亲近的人无缝对接，享受她们给予的呵护和照顾。盼着
哪怕和病友一起，能在普通病房里吃饭，可以自行如厕，做一个
相对正常的人。但转入普通病房后可能会发现，还依然不能马上
进食，不能尽快洗澡，还会累、痛、无力，伴随着些许失落。这
或许就是"阵痛"，必须经历的，向好的，向健康的必由之路；
别介意营养餐，别在意依然不能洗澡的狼狈。这一切，很快就会
过去，心态很重要！晚安！

术　后

在五月的槐花香中，我悄然沉醉，又猛然醒悟
输液架已站成一棵挺拔的树，恰谦谦君子陪我不离不弃

架顶银灰的金属钩，美丽而倔强如同凝固的浪花

那一袋袋，水色的、米色的、乳色的、茶色的液体
凌空耀眼，一股股清流在一根根管子里一滴滴垂泪
它们宛若色彩斑斓的花鸟，靓丽、芬芳、生机、歌唱

而如今，它们是果实滋补我的羸弱拯救我的健康
是一艘艘意气风发的船只，正穿越我生命的河流
我被它们所簇拥，太阳喷薄而出为我的前行而呐喊

我对娥说：一出监护室，很多人来看我。战友、同学、同事、朋友、亲人，陆续到来。

娥说：这就是人气，你铺下的路，打下的基础。尽情享受这些问候，拥抱，爱和温暖，你值得！再把这份滚烫的力量记怀，转化成生活的勇气、信心和无穷动力！

无　题

这些天，美丽的花蕊
充盈着，热烈的关爱

病房内，饱满的果篮

结盟了，厚重的祝福

身体里，凉爽的液体
安抚着，幻梦的血流

唯有你，漫漫相思中
点点回眸，滴滴顾盼

娥说：想自已的身体怎么越来越好，想每分每秒怎么度过，
才能充实和快乐，想出院后怎么去生活和创作。别想没有书看了，
别想孤苦伶仃的就一个人了，别想似乎世界都忽略了你。你应该
是意气风发的，精神抖擞的，正能量满满的！

无 题

我的肿瘤经手术切除后，胃已失去半壁江山
我显赫而荣光的胃城，曾旌旗飘扬鼓乐轰鸣
既有尊贵的佳肴先生携美丽的珍馐小姐闲庭信步
亦有苦辣酸甜咸代表的工农商学兵各司其职
当下残破的胃城已颓废为一位行乞的枯瘦老者
用哀求的半碗米粥或半碗面汤拒绝掉豪华盛宴

　　娥说：在纸上可以勾勾写写，动了笔才会有思路，要不然光想会没有状态，写可以催化想的速度。

无　题

太阳乘着初夏的战车，于天地间热情洋溢

红艳艳的呐喊声，劝告群星归隐别再去意彷徨

烈火般的跃动洗濯了长空，清洁出平静的蔚蓝

上有云卷云舒之悠悠，下有万物生长之青青

我心中的小溪汇成的河流，却流着忧郁淌着忧伤

月亮在夏夜里行走，于夜空点亮银色的烛光

青幽幽的浅吟声，与群星的低唱谱写了银河的歌谣

娉婷的舞姿伶俜为孤独，月光与星光璀璨成寂寞

前有古人为婵娟而歌，后有来者因月色而惆怅

娥眉月为我瘦削成爱怜，我因娥眉月已相思肥硕

　　娥说：不用不能释怀，乌鸡被变成汤是一种宿命，它为一个善良、有爱心、大慈大悲的暖男牺牲，比进入一个不懂感恩的人的味蕾，会感到幸运和荣幸！

　　已然了，便安然接受，这是你和那只乌鸡的缘。

无 题

那只乌鸡是被宣告死亡以后

与我虚弱之躯支撑的欲念狭路相逢

这里没有勇者胜的欢呼与仪容

只是乌鸡的静息和我的喘息

汤盆里的乌鸡安然闭目

恍若我在浴池里悠闲地泡澡

一样的闭目我却享有万千思绪

欲望与无欲辨认着我和乌鸡

蓦然发现乌鸡的身形是蜷起的问号

在疑虑我放生的初心与佛心安在

鲜美的鸡汤鼓舞着粗细曲直的血脉

也束缚着我的思想捆绑了我的灵魂

娥说：斟酌了许久，痛定思痛，我真的要下决心了。唉，思前想后，我们要减少联系。唉，前思后想，我们得少些接触。唉，左思右想，我该如何把持？不管怎样不要怨恨我。唉，思来想去，我得提前告知，让你心里有个准备和适应。

无　题

接受严惩莫过于你要和我减少联系的疼
遭受重击也不如你要与我少些接触的痛
感谢你没把我当成病人而认作巍峨山峰
从疾病通往健康的陡峭中你是我的旗帜

　　娥说：今晚失眠了，落泪了，失控了，在你手术后的第十天
的午夜和第十一天的凌晨。从晚上的十点起，基本以每五分钟的
频率打开微信、关闭微信、看消息，看朋友圈，听音频，胡思乱
想着种种可能。我设想着任何一种可能，都无非是你的存心故意，
请不要挑战我的临界点。因为它是如此接近临界点，而我如若失去，
将是永远的分离，永远的擦肩而过，永远的不再回头。或许你并
不值得我去留恋，但我却犹豫了。

　　或许你真的不方便，或许你的胃不舒服了，或许你打破常规
地睡着了，也或许你又想考验谁，可是，可是每一条理由都无法
成为沉默、不言、失联的借口。

　　头绪是乱的，思维是僵持的，但睡意已经全无。为你失眠实
在不值得，不想做一个鲁莽的疯丫头。看在你对我曾经的"好"，
看在你还是个没出院的病人，看在要过端午节了，看在一切还能"看
在"的份上，我愿意用沉默的方式静观变化。

久说：要出院的晚上回到了大房子。不到九点体温骤然升到三十九度多，决定返回医院。浑身无力的我得有人搀扶才能颤颤地慢慢行走。手机忘带了，与娥失联。甚至到后来一想起当时的景况，连委屈与冤枉也都记不起来了。

让人担心的胆囊终于发炎了。延迟出院，继续治疗。

娥盼我早日出院的希望破灭了，期望出院的喜悦一落千丈，碎裂成凄凄苍凉、惨惨忧伤、戚戚无奈。

仁山智水

高山沉默成仁者，其肢体语言让人痴迷于肺腑而聆听
流水无语成智者，其身姿柔媚使人流连于心怀而忘归
我景仰高山但我对你不能保持沉默尽管人云沉默是金
你热爱流水可你对我不会选择无语因为爱说相思正浓

我对太白举杯，我没有弃你而去昨日之日铭刻于心扉
你跟新月诉说，我的确乱你心了今日之日烦忧因苦恋
我在高山你守流水，山水相环我因山巍峨你因水柔情
我爱高山你恋流水，我爱着你就如你爱着我山水作证

娥说：端午节是为了纪念诗人屈原，也是一个祛除疾病的日子。离开部队多年，这个节日不在故乡在他乡，能和战友们度过也不

错。阴天下雨能卧床睡觉偷懒，隔离琐事的牵绊，享受惬意的时光，这些本是很奢侈的，而你都不期而遇地拥有了。换个角度看问题会豁然很多，开膛破肚是一次劫，不畏惧，但更别蔑视它，只有当伤口愈合，体力恢复才有能力去与之抗衡。在这个端午，愿你安康、告别疾病，愿写出比屈原更深刻的作品！

端午感怀

屈原大夫的一曲《离骚》
从忧心的楚国忧戚的汨罗江
高歌而至

滚滚浩荡的爱国情怀
长叹着两千多年的离愁别绪
澎湃而来

上下求索的木兰与秋菊
路漫漫中泪水涔涔
留恋故乡

端午绵延成婉约的纪念
崇敬巍峨的气节

从古到今

粽子缠绵为香甜的缅怀
膜拜国殇的悲壮
举国上下

习俗美好成一条河流
奔腾着倔强与坚韧
贯穿南北

节日被欢乐所统领
你却拥离愁抱别怨
我凝聚疼痛

娥说：面对电脑，面对远方的你，说说话。不可否认，最近三天，我们的关系，我们的沟通方式，我们的交流，出现了问题，可能是自然的状态，也可能是一种必然。前天晚上我彻夜不眠，直到昨天早晨将近八点，才有你的问好，你的说明：去了医院，没带手机。再解释：生不如死的难受。第一时间看到了你的消息，却迟迟不想回复，甚至控制情绪，不动声色地编辑好的没有任何感情色彩的回话，是在两三个小时后。在你的又一次"陈述"中，才给了些许勇气，让我用最简短的语言回复，以示：我收到了，收到了你的"阐述"。十多个小时就这样烟飞云散了，被蒸发掉了，伴着我们的"约定"：晚上十点后语音聊天。没有晚安，没有你每一次起夜的叮咛和唠叨，只有空白的等候和不知所措。坦言：不是不习惯这样的夜晚和清晨，只是不能接受你的"不辞而别的缺席"，退一步，我很自私地说，请别说我不心疼你。即使真的手机落在了住处，真的难受得不能自己，真的连说话的力气和精神都没有，就真的没有可能、没有方式，告诉某个人："不能联系你，因为身体和通讯的不便，请不必担心，晚安。"我不是你，你也非我，所以不能苛求，但我若是你，若真的在心里，我能做到，忍着疼痛和不堪也能做到，因为我怕，我怕我失约，我怕我在意的人空等一场，我也怕他像我一样不眠、纠结。

久说：让我用那年夏天的《那一眼，是莲花》解释自己，来劝慰你。

那一眼，是莲花

那一瞥，是不屑

被我推入春天

栽下的竹根长大后

才知道竹林七贤代表着七种美德

那一盼，是思念

被我捧入夏天

红豆在北国唤起月上柳梢头

红蔷薇与三色堇共同恪守相思

那一瞧，是牵挂

我把它带到秋天

家乡的垂柳遥望异乡的月桂树

独守的浓绿眷恋那至尊的花蕊

那一睃，是讥诮

被我抛进冬天

埋下尊严的种子

长成了红梅映雪的风姿

那一眯，是宽容

被我留在心底

左心房的紫罗兰轻唤右心房的郁金香

澄澈的爱河啊，环绕着心的花圃

那一眼，是挚爱

交给另一颗心的呢

幽香的蕙兰挽着芬芳的玫瑰

在诵经声中，只见慈悲莲花

娥说：由于你身体的缘故，由于所处环境的不便，最近的交流少了很多。看到了我的变化，你也勉强地迎合，但惜字如金。很好，这是我期待的样子，回到我们彼此的从前，回到该回到的原始状态。

今天是端午节，可能也是因为我子夜一点的问候：状态好些没？让你整个早晨回复了一连串的话。隔了两小时后，给你编辑了那段话，集合了节日、他乡、战友、豁达、安康等关键词的祝福。你也礼貌地回复了，最真的祝福，最大的鼓舞之类的寒暄和客套。我无言，而且是一整天的无言，在将近八个小时内，你发来最简短的两条信息："输液""出汗"。如果可以省略，真的希望，这两条你也省略吧。这种焦灼，内心不舒服，我也真的不稀罕。

或许，在内心，我在与你告别，一种方式的告别。作为那个特别的人的告别，而我的留言，留下的足迹，是一个正常人，对一个病人，一个弱者的关怀，我的心便是这样。文字也就写到这儿吧。

无 题

身体插入的各种管子，在逐渐艰难地退出
对花朵和镜头强作欢颜是受难者扭曲的神情
我消瘦成枯黄，苍老为灰尘，犁出了皱纹

眼睛惊恐睁大，疲惫却使劲地观望灰尘里的余生

清晨的风，带我经过众多的街口、高楼和立交桥
跃跃中，我延伸治疗，在整个白天静静地躺着
傍晚的云，携我在翠绿和花丛中穿行并准备休养
寂寂中，我闭上眼睛，在整个黑夜挣扎地躺着

娥说：两个月来，断断续续奔波于医院，接受检查和治疗，别无选择。一个月来离开家乡、父母和你的生活圈，别无选择。由此病房变成了炼狱，各类伤口的疼痛在以分以秒计时的日子里，重复着陪伴你，别无选择。那不同颜色，不同气味的"液体"成了你最不离不弃的依恋，别无选择。一场手术变成了双数，来得措手不及，来得气势汹涌，别无选择。病房也变成"家"，那里流淌着感动、温情，演绎着夫妻、兄弟、战友、同学、病友、朋友还有陌生人深厚的情谊。爱如潮水，将推动你的健康之船再次远航！至此，想告诉你：可以选择的，是你自己以后的人生之路。6·5环境保护日，从保护自己开始。珍重！

环境日感言

今天是我们地球人的环境保护日
保护环境是每一个人的每时每刻

明净的心，托起青山叠翠的笑脸
澄澈的情，荡漾绿水娇柔的舞姿

神圣的爱，舒展蓝天绵绵的喜悦
纯洁的梦，环绕白云恬淡的缠绵

而我没能保护好自己的生命环境
胃的贪婪无度得到癌细胞的拥护

医院要求整改，我跟穷亲戚借了钱
医生下达治理，刀于我腹挥斥方遒

输液器的液体正穿越愁肠叮咚作响
相思也赶往家乡道路坎坷无奈彷徨

娥说：读书写字，即使在病房的疼痛中都不曾放弃，不曾因为走路发晃心里发慌而不为，为此也不曾烦恼。这就是爱，深入骨髓的。无论健康还是疾病，一直在，不能舍的爱。我相信定数，有些终会发生，也终会远去，变不得，拦不住，改不了。

栗花时节

1

喜鹊浪漫

用簇新与吉祥

把黑夜裁剪成曼妙衣裙

披着白昼柔美的丝巾

欢天喜地衔来黎明

栗花生成稚嫩的小手

抓捧着清晨的乳汁

吸吮喳喳的鹊声

长成女儿俊俏的辫梢

落在莹亮的露珠里

却是满眼的青绿

2

蜜蜂翩跹

嗡嗡是温婉的曲

孜孜是酬勤的词

晌午金灿灿的热情

唱响了栗花的情歌

阳光让细密的茸毛

浅青那一刻淡抹妖娆

深绿这一时浓妆凝重

栗花酿蜜有点苦涩

那是浓郁的芬芳不忍散尽

留给恋它的人丝丝回味

3

暮雨潇潇

是细碎的鼓声

轻轻敲起淡淡的愁

被涂抹了湿漉漉的暗

把心沉重成满眼的凄迷

栗花仿佛数尾小鱼

喁喁成沙沙声的落寞

掩不住的嘀嗒响

是栗花的泪水洗涤忧伤的节奏

偶尔一声轻微的垂落

能把心砸穿喷涌悲愁

4

弯月娉婷

满地银色的相思熟了

却依然无法收割

月亮圆润明亮起来

栗花已错过了佳期

清瘦成偾僽的女子

簇拥着婵娟泪满衫袖

不要询问月

不可安抚花

栗花结成的火绳

在明灭圆缺中涅槃

　　娥说：曾经你让我养成每天不间断联系的习惯，不断见面的习惯。现在你用一千个小时也养成了一个习惯，每天的吵和肆无忌惮地闹。就让我们在各自的精神世界里平和心态、安稳性情吧，这也是我的初心。静心读书了。

　　当不再有长长的"夜谈"，当"晚安"也成了偶尔，当"夜听"变得可有可无。其实一切都在悄声无息地变。别惊动和打扰了你刚刚的梦，知道你会理由充足地解释"我太困了"。没错，这是最好，最简单，最不可抗拒的理由！晚安！

等

等是竹林下一座清幽的寺院

些许寂静中的希望，些许安心里的纷乱

旭日弘扬了晨钟的志向，月色广阔了暮鼓的悠远

青灯没有照亮你的心怀，古佛未能剔除我的烦恼

铜磬却集聚起你的多愁，木鱼且唤醒我的长思

思

思是心灵一方芬芳的田地

春风依然鼓舞，热情的布谷耕种希望

夏雨依恋潺潺，勤奋的鸣蝉割除困惑

秋霜依凭凋零，淡薄的月色收获喜悦

冬雪依依飘洒，宁静的星光摇曳梅香

你走过的四季，是我心田的晨曲暮歌

娥说：周六的一大早，在梳妆台前，注视自己：竖立起来的头发打着缕，微微浮肿的双眼，仿佛在述说着昨晚不可遏制的泪水，还有模糊的泪痕和叠加在一起的沉思。

不经意间的遇见、攀谈、加深、依恋、习惯和牵挂，终于可

以不再等待、挑剔、要求和烦恼了，可以一了百了地做自己了。

感谢，感谢你无数次唤起的"宝贝""想你""爱你"给予我暖心安魂慰风尘的感觉。这些温情的甜言蜜语，已经润物细无声地植入了我的内心。天真地以为，因为心里有，才会不断说，因为很有，才会不断被重复。被重复在每个早起、每个睡前，每个起夜的凌晨，每句问候的称呼。透过这些文字，感觉不到你所有的不好，只有被宠，被爱，被惦记和喜欢。

感谢，感谢对我所有的接受。我的无端杳无音信，我的莫名生气，我的挂断电话，我的鸡蛋里挑骨头，我的不可理喻，还有"招之即来，挥之不去"的陪伴，每个早中晚絮絮叨叨的问候，微信、电话、见面，婆婆妈妈的关心，你的点心、苹果、巧克力、指甲刀、一只碗、一个水杯、一个水壶等等，把琐碎的惦念弥漫在工作和生活的每个不经意间。还有那一整夜、一整夜的畅谈，让时间那么快，长夜那么短。一直在说，一直在唠叨，却不知道说了什么，表达了什么。以牺牲睡眠，牺牲健康，牺牲创作为代价的长夜畅谈。每次挂断都能感到你的不舍，和被要求的再说几句，再延长几分钟。放下语音后，文字补充的告别和晚安。我曾怀疑你是不是永远不会困，你是不是太缠人，是不是太烦人。

感谢，感谢你送我的最独一无二，最珍贵的礼物：爱上读书。每一个早晨、晚上的阅读已经成为一种习惯，你带给我的每一本书，我都格外珍惜。还有用心地共同读一本书的陪伴。在我看来，这些礼物，和曾收到的其他礼物相比，可能有些廉价，但是它却可以陪伴一生，深入骨子里的陪伴，其实这才是最奢侈和高贵的。

感谢，感谢你的每一次不加掩饰的在乎和在意。鲁莽的出现，任性的必须见面，执着地表达，无声地目送我回家，出门和远行时，还要用你的思维强加于我的每一个物件，感谢那次洗脚的体验，用心地体贴而周到。感谢因你而丰富的不同体验，在你的要求和引领下获取了舒心的慰藉。

因为生病，因为时空的距离，我从来没想过它会成为交往的障碍，反倒是应该更近，更好。我一直在努力地宽容自己、包容着你，渴望着你的消息和你的状态，也让你知晓我的讲述，我的方式和惦念。不知道是沟通出了问题，是了解出了问题，还是这本身不是问题。我无法掌握你的现在时，连问候都那么程式化。"我要如何"和"要我如何"永远不是一个概念，那是一种"必须要去做"和"要我必须做"的差别。我深切理解你的疼痛，你的病患，你的各种不堪一击。不是不关心，只是这种关心应该回归，回归到原有的位置。可以有种种理由说自己的不便，可以在看了一下午书、写了一晚上文字打理完自己后说：医生要求我11点半前必须休息。而你都不愿意说，哪怕用五分钟的时间，去安慰被你识破的所谓生气，哪怕仅仅是胡搅蛮缠，哪怕仅仅是一次任性。你把我留给了明天，可爱的明天，我将充满哀叹地希望着你亲亲的暖暖的话语恩泽于我。

我相信，只要有爱，就会证明它真实的存在，并不麻烦，而只有表达和享受了爱，才可以踏实地去治疗、去读书、去写作，它不仅仅是你说的"不就是几个信息、几个电话"的事儿，是一种需要，是离不开，在心里的真实的爱。

我既像一个脆弱的小女孩一样幼稚，又如一个爱唠叨的老太婆喋喋不休，这需要勇气。甚至敲打这些文字时，眼眶里依然有泪水在不停地打转和流下。这是你赐予的勇气。感谢，同时祝福你，用我的爱。

疾病与疼痛

疾是身体插着箭的病
病是身体受破坏的果

疼是病在凛冽的冬天
痛是病在甬道的煎熬

我在疾病中种植疼痛
你在保佑中耕耘悲愁

娥说：不要说想，更无须忍，出院一周都未谋面。你看了书，写了字，洗了澡，理了发，待了客，回了老家。却未曾见到我。不要说可以闻到我的气息，在水城的每个角落都有我的气息。还是那句话：依心而行就好。其实，无言是最好的表达。你也保重！

在阴雨连绵的夏季，在被你合理安排的每一天，我将伴着你的忧郁、多情、希望和快乐！

无题

太阳来了，你不在
木槿扶疏，心缠缠

细雨来了，你不在
芙蓉俊逸，心绵绵

轻风来了，你不在
栀子花香，心牵牵

晚霞来了，你不在
蔷薇秀媚，心念念

月亮来了，你不在
合欢羞赧，心断断

娥说：如果一个我在意的人，在执行特殊任务，如果有不可抗拒的理由，别说四十天，就是四年，那个人都不会在我心里动摇一丝一毫。请别拿冠冕堂皇的想和爱做幌子！

真 爱

打扰你了

让你再次心痛

什么都和你说

为啥 为啥呢

因为喜欢

为了脱胎换骨的爱

我可以被你否定

被诸多打碎

但我不可以

否决自己的心

因为它的真

如空 不破

我要努力

诚挚待爱

不愧于你的一切

娥说：六月的最后一周，最后一周的第一天。晨思：一个多月的治疗，让一个病人从羸弱逐渐走向健康，更深刻懂得和理解生命的无常，知晓读书和写作镌刻在岁月中的意义。

旧痛新愁

我选择了初夏，端庄面对母亲带我出世的五月
欣欣斑斓洋溢着娇媚，芄芄青绿袅绕着馨香
花儿唤草儿抚慰阳光，喊河神叫柳仙抚摩月色
举杯三盏，增了信心，减了忧心，留下佛心

肿瘤的侵略乃不仁不义，我将予以还击
并与医生护士和亲友结成了钢铁联盟
没有硝烟的战争面对鲜花的微笑是羸弱的
胆囊突发的炎症让六月的翠绿同仇敌忾

六月的新愁继承并延续着五月的旧恨
五月的疼加重了六月的痛，疼如水痛如山
我怀着佛心和相思蹒跚在雨季的栈道
等待是另一种行进就像看不到时间的面容

花开，流水，叶落，飘雪是季节的更替

也是时间在行走亦如我的爱在你周围跳跃欢腾

五月的疼让你的牵挂盛开，让你的欢颜凋谢

六月的痛让你的爱意浩荡，让你的憧憬漫漫

走出五月的牵挂，被六月的相思热烈簇拥

走进六月的憧憬，让五月的痴恋深情感动

我率领衰弱走向强健，亦奋力走向你的祈盼

我背负疼痛随风雨前行，我们相视而笑含泪而歌

娥说：一切在无常中孱弱。被切除的胃势必要减少食物，也是在告诫自己要减轻欲望。祛除贪嗔痴，把持戒定慧。新的人生旅途已经开始，用简朴、豁达、柔弱、微笑慈悲地迎接每一天的日出月升。

娥说：人生是一次单程的航行，你的船承载着五十二个春夏秋冬，并不断接受新的日夜给予你的馈赠。你用五十二年的风霜雨雪建立了更为现实也更为理想的码头，你的五十三岁在晨曦中载着信念、梦想、意志和喜悦再次起航！

四季之恋

当我不在你身旁的时候

太阳分娩阳光的速度乘以柳树分蘖新芽的时间

便是我的春光、我爱慕你征途的初始行程

当我不在你身旁的时候
月亮纺织月色的清幽加上花朵无眠花魂的清香
便是我的夏咏、我思念你淡雅的花好月圆

当我不在你身旁的时候
星星释放星光的遥远除以银河渡口默默的等候
便是我的秋韵、我守望你鹊桥的牛郎织女

当我不在你身旁的时候
日日牵着夜夜的苦思减去分分不舍秒秒的冥想
便是我的冬吟、我温暖你梦中的紧紧相拥

娥说：书柜在我的背后，耸立成书山，做了我的靠山。勤奋是若隐若现的路径。写作是苦海泛舟，却也其乐无穷。你的赠予在鼓励我，你的给予在陪伴我。

书　柜

那书柜对于起初的我
像一个苗条的女孩

月牙般清瘦，新叶样单薄

眼睛微闭着笑，嘴角轻抿着愁

执拗成雄性的铮铮姿态

一种叫坚持，一种叫坚强

那书柜对于现在的我

是一个慈悲的母亲

沧桑得硬朗，甘苦得豁达

皱纹铭刻人生，白发印染时光

四季被日月拧成一种信念

春种一颗心，秋收万顷爱

娥说：那天在生态公园，好天气、美景致让大家心花怒放。有白蝴蝶、黑蝴蝶、花蝴蝶或停或飞，我看蝴蝶，你在看我。后来，你追逐蝴蝶，为我。我在看你，于心里，是思呢，是想啊！

蝴　蝶

是庄周梦蝶

还是蝶梦庄周

然后是郭象注庄周

后来又成庄周注郭象

庄周描述完蝴蝶走了

郭象讲解了庄周也走了

蝴蝶寂寞无奈愤怒了

来到了花丛

让蜜蜂陪伴

开始了恋爱

又来到河岸

和蜻蜓结友

弄得柳枝放浪

人们开始心情款款

关注蝴蝶的妖艳

议论着种种风情

不去想庄周的疯

更忘了郭象的傻

只去花丛与河岸

寻花问柳招蜂引蝶

娥说：有一种感觉，秋与冬在春和夏的时空里一直默默地行走着，直到属于它们各自的季节才豁然布景。生命里和生活中，也会有很多事物在悄悄地孕育着，它们会霍然或安然出现。

秋冬走春夏

当我的初恋
在二月的春风里
羞涩成婉约
星儿吟唱
梦儿遐想

当我的爱情
在三月的细雨中
空蒙成柔媚
柳也缠绵
燕也呢喃

当我的憧憬
在四月的芬芳中
绚丽成斑斓
花儿烂漫
草儿芊绵

当我的寂寞
在五月的槐花中

凝结成酡颜

醉了斜阳

晚霞飘香

当我的困惑

在六月的麦浪里

铺展成金黄

蜂儿解忧

蝶儿消愁

当我的生命

在七月的炙烤中

风雨成历程

秋山悬月

冬河落雪

娥说：清晨舒爽，抬头见喜，喜鹊在高枝上喳喳欢腾。久说：我想到了牛郎和织女，想到了爱情神圣和伟大。

喜　鹊

像可爱的天使

打着黑白的补丁

穿越星海飞跨银河

给牛郎和织女

搭起七月七的团圆

黑补丁纺织着相思

白补丁耕耘着相爱

背负黑夜的尊严

敞开月亮的心怀

为点燃太阳的圣火

冲向黎明的峰峦

在理想的高枝上

为清晨的曙光代言

与祥和一同雀跃

和希望一起欢呼

在喳喳地赞美声中

唤起红艳艳的翩翩云霞

舒卷喜盈盈的袅袅炊烟

娥说：我突然想念起母亲，很强烈。我下午得去看妈妈。娥眼里噙着泪。娥的泪落到了我心里，映出了我慈爱的老妈。

母　亲

你生我于天地与日月

你养我于山川和湖海

你育我于春夏与秋冬

你教我于孔孟和老庄

你给我于爱心与梦想

你予我于今生和慈悲

娥说：我们的心不再拥有质朴与纯真，原本自然的一切也变得混乱而虚假，欢乐的花被痛楚的叶所簇拥。

望月亮

最初看月亮

是村庄的柳树旁

后来是故乡的山冈

再后来是他乡的海上

而今看月亮

是陪烟囱的黑莽莽

是伴高楼的白茫茫

是寄相思与乡愁的空旷

娥说：过去的真与实让我们充满希望，努力奋进。现在的假和虚，让我们的心七上八下，发生了倾斜和扭曲。就连雷电和雨，都不能够在自己的季节里忠于职守。逃避、虚伪、自私、阴暗，污浊得面目全非了。人应该不改初心，不忘使命，做一个好人，尽心尽孝，尽职尽责。

雷电和雨

原来的闪电

是在窗前

或在天际耀眼

时而在荒原璀璨

当时的心间

惶恐不安

害怕雷响

振了，颤了

怒喊直言

那时，我们只是

对雨企盼

如今的闪电
不在屋檐
也不在河畔妖艳
更不在山峦灿烂

此时的心怀
惴惴不安
担心雷声
小了，远了
心情黯淡
现在，我们只是
对雨眷恋

娥说：你是一座俊秀的山，溪流环绕。山中有一座雅静的房子，守着简朴。我愿意隐居在你的山中，生活在你的房子里。因为山水象征着你的心，房子代表着你的爱。

山水情

黎明将夜色涂白

灿灿星光皎皎月色

凝集成一抹晨曦

朝霞驭一叶扁舟

载着太阳去结拜

江河悠悠湖海阔阔

水又将其介绍给山

于是有了绿水青山

山与江河湖海结盟

江山多娇山河壮丽

湖光山色海誓山盟

日月山水卿卿我我

娥说：干墩布无聊得有些懒散，迎娶了温柔的水之后，深知了水的强硬，也体会到凝聚并使其顺从的力量。

笼子·月亮

当你把一个人关进笼子里

禁锢其自由

或把一件事装进笼子里

桎梏其姿态

你的心

已被笼子填满

或者对于笼子里的人和事来说

你被更大的笼子包围

你的心也被最小的笼子掌管

你走在月色中

把月亮放置心里

当心变成笼子

月亮躲在云中

牵挂你

潜入冰层

担忧你

当心不再成为笼子

月亮在皎洁的星空

乐融融

在澄碧的湖中

笑盈盈

娥说：我们的故乡，燕山巍峨，滦河奔涌，长城屹立，可谓山河壮丽，妖娆锦绣，可歌可泣。

长城故乡

爷爷的魂魄，父亲的脊背，儿子的目光
筑垒了燕山长城的雄伟
从秋的蓝灰到春的翠绿
勃勃生机

奶奶的发髻，母亲的乳汁，女儿的相思
澄澈了滦河流水的柔美
从冬的冰封到夏的流淌
生生不息

燕山巍峨似神，滦河儒雅如圣，长城是伟大的英雄
燕山儿女，滦河子孙
共同驻守着长城故乡
世世代代

娥说：你的生日在孟夏之初，上弦月之后的盈凸月，那是一
个生机勃勃、绿意盎然的季节。我的生日在仲秋之末，下弦月之
前的亏凸月，这是一个色彩斑斓、硕果飘香的金秋时节。娥眉月，

弯弯、盈盈。祝福着：但愿人长久，千里共婵娟。

亲爱的　我爱你

啊！亲爱的，亲爱的

这样唤你，尽管

我还有几分羞涩，几分忸怩

执杯的手略有颤抖

可这一切都源于爱啊

我的爱有些矜持

但那是为了长久

我的爱有时羞涩，有时嫉妒

那是一颗心对另一颗心

真诚的告白

我的爱总是默默无语

但它包含着无尽的温柔

今天是你的生日，亲爱的

让我祝福你，健康、平安

让我挚爱你，自由而快乐

我邀来了太阳

太阳已来到我们心间

我邀来了月亮

月亮已编织了我们的爱情

我邀来了星星

星星说 岁岁年年与我们朝夕相伴

我邀来了大海

大海聆听并见证了我们的誓言

我邀来了蓝天白云

他们代表了向往与无暇

我邀来了绿水青山

他们代表了宽容与责任

我邀来了小草与百花

他们代表了快乐与生机

我邀来了风雨

和风细雨，亦可风雨同舟

我邀来了过往的岁月

那里装满了甜美的回忆

和盈盈笑语

所有的邀请都是无疆的真爱

所有的祝福都给你，亲爱的

亲爱的，我爱你，我爱你

就像每个生命恋着明天

憧憬未来和向往美好一样

我爱你，亲爱的

祝你一生幸福快乐

娥说：时间过得好快啊，转眼就到了金秋时节。有风吹来，开始是轻柔的，后来变得猛烈，像旋风。一棵树挺立着，遇到强风，树干左右微倾，树枝摇来晃去，半绿半黄的树叶不停地翻飞。是欢喜，也是悲愁。

无　题

那些文字，一直在沉睡

于心中，和久远的记忆

或以另外的方式，忐忑出行

情感间，及断裂的思绪

我不断唤醒它们，也选择与其结伴

背负字典和酒，怀旧亦憧憬

每个清晨，等候太阳购买阳光
雨雪雾霾，趁势哄抢

每到夜晚，守候月亮赊欠月色
愁云残梦，结盟侵犯

常常把泪水，给欢乐忧愁
一滴甜润，一滴苦涩

当文字苏醒，游历的归来
共同蛰居心窝，互诉衷肠

蓦然发现，文字已羽化成
山水鸟虫花草，斑斓跳跃

把心打开，与海蓝欢呼
同天蓝致远，然后独酌

娥说：紫色排在红色之后，黑色之前。包含着热烈的红和安静地蓝，红代表希望，蓝代表梦想。尤其喜欢紫气东来的寓意。

久说：我与圣人来。

紫　色

你是成熟的色彩

温暖的颜色

丰腴的颜色

绘画的颜色

美声的颜色

你是赤色的爱人

大红，大紫

你是橙色的母亲

至诚，至爱

你是黄色的闺蜜

温柔，浪漫

你是青色的同窗

友谊，进步

绿色是你的事业

生机，盎然

白色是你的爱情

圣洁，纯真

蓝色是你的理想

高远，执着

黑色是你的家园

博大，宽容

你深沉，厚重

你凝练，芬芳

你磅礴，婉约

你是色彩的一颗北斗

你是霞光中的七仙女

你是彩虹最后的靓妆

你是生命最响的赞歌

　　娥说：那棵白菜高大敦实，在菜板和菜刀旁依然从容无惧，其帮挺挺，其叶卷卷，片片层层，相簇相拥，抱得紧密。盯视之下，不忍下刀，剥下一层，展开一片，突然发现，白菜帮叶，图形如树，粗壮似干，叶脉若枝，纹路清晰。一棵白菜，是一片树与树死死搂抱在一起的森林。

白　菜

一棵绿生生的白菜
是一块呼吸的碧玉

一地绿油油的白菜
是一泓翠绿的湖水

不与百花争春斗艳
只在秋天舒心漫卷

谛听土地的心音
紧扣河流的脉搏

和山一样挺秀葱郁
与海共守水的柔情

太阳照耀温馨的爱
月亮挥洒清爽的情

它为朴实欢乐

它为生活欢歌

娥说：我喜欢萝卜的脆生、朴实。但不喜欢花心大萝卜样的男人。久说：我喜欢吃萝卜炖豆腐。素淡、清白、干净。

萝 卜

清脆的性情，爽直的品质，
身体在土壤里，孕育、茁壮、丰盈

羽形的缨缨，呼吸着空气
享有阳光雨露，芊芊、簇簇、青青

红皮白心的萝卜，红如霞白似雪
浑圆像沙弥念经，让人明心见性

白皮白心的萝卜，白如月心似乳
颀长若赶考书生，教人存心养性

绿皮花心的萝卜，绿如翠花似玉
超然似炉旁道童，使人修心炼性

容颜迥异心相同，守着一样的纯真

脆生生爱着清正，翠生生恋着质朴

娥说：秋夜，月光流泻而下，铺展而来，村子被月色的冷白和灯光的暖色勾勒得静谧而祥和。暗影温柔，亮白谦逊，像一对发鬓斑白的老人相挽相携。我想到家人在那过去的时光里，过着一种朴实、清贫、悠闲、恬淡的生活。

石碾子之歌

我少年无瑕的时光啊和石碾子一起翻滚而歌

太阳被翻进了西山坳又滚上了东山梁

月亮被翻出了栗树林又滚进了滦河湾

清晨的和风翻滚成傍晚的细雨

黄昏鸽子的咕咕声翻滚成黎明喜鹊的叫喳喳

我们村庄的石碾子为喜看庄稼丰收，无须任何遮盖

有的是阳光和月色的双翅铺盖的屋顶

有的是风吹雨打的弹唱，当作视听外面的窗口

有的是曼舞的柳丝和馨香的槐花搭起的梁柱

有的是莹白的冰雪筑起情感的墙体，修造心灵的净土

有的是乡邻们有声的来去，石碾子无声的翻滚

敢问愚公：移山之际，有谁在雕凿石碾？

太行山的碾磙子相约王屋山的碾盘

在中国乡村的每个地方相挽相携，结为朴实伉俪

燕山的栗树舍身为框，成为石碾子的终身媒婆

满脸汉水的父亲像碾磙子，勤奋而沉默

盯着灶火的母亲似碾盘，坚忍又无语

大姐用笤帚均匀地扫着碾盘上的米粒，像锯齿也像麦浪

二姐推着碾框，长长的辫子在纷纷落叶中摇摆

三姐紧贴着碾杠，红花棉袄与雪花像红梅和白梅的一同绽放

我冻伤的双手握住碾杠，仿佛握着一支沉重的大笔正挥毫泼墨

二弟瘦小的双肩牵着碾绳，重复着姥姥的话：

"石碾子唱歌，不会挨饿；石碾子跳舞，不会受苦。"

父亲挑筐的豆荚在秋风中爆响，母亲给当院的栗子换了新妆

兄弟姐妹乐呵呵，笑弯了谷子，笑得红枣纷纷落

姥姥吧嗒烟袋锅，红了高粱朵，熟了玉米棵

碾道一圈圈，留下姥姥裹足小脚叠起的印迹

碾道一圆圈，盛满了我们一家人真情的欢唱

那段时光是有碾子的岁月，岁月满满，时光暖暖

娥说：栗树就像燕山和滦水的儿女，果儿饱实且香甜，花儿

苗条也清馨。栗树林是我们望月和思念的地方，是我们梦想的家
园与净土。

栗乡颂

盘古大神巨斧的响声
渐渐地轻柔悦耳起来
演变成万古长风习习而歌
雕凿了燕山的巍峨壮丽

轩辕黄帝挥长剑划九州
开启华夏的刀耕火种
于滦水河畔垒灶起居
缔造了古老的部落联盟

大禹执耒耜于燕山抚琴于滦水
燕山的淙淙泉响让情思浩荡
滦水的泠泠清音使情韵悠远
山之长吟牵动着水之呐喊

秦皇舞霸主长鞭气壮山河
燕山长城是历史镶嵌的云霞

融入太阳光明磊落的守望
吸纳月亮胸怀坦荡的凝视

燕山的翠微澄澈了滦水的清莹
我的宗族以长城为脊梁
代代耕耘着勤劳与质朴
秀美的家园抒写山水情话

栗树成为枝繁叶茂的图腾
花瘦果肥拥有迥然的青艳
女人喜栗花纤长而娇媚
男人爱栗果敦厚且凝红

火绳的花香芬芳了岁月
驱除了困难点燃起希望
栗果凝结着厚重的乡情
熏染了游子浓浓的乡愁

初夏的清晨喜鹊在栗园登枝
太阳笑容可掬，月亮掩面含羞
栗树下的母亲和孩子嬉戏亲昵
栗花的青绿润泽着壮美的故乡

娥说：我也是从农村长大的，几乎熟悉农村的一切，也干过不少农活。翻过山，蹚过河，在田野放歌。蓝天让我宽阔，白云让我悠远。简单、从容、质朴、善良，就像风霜雨雪守着四季一样相伴我们的一生。

童　乐

小的时候，挎着篮子，去田地里，剜菜拾草
小伙伴们，小鸟一样，叽叽喳喳，谈天说地

衣袖挽起，篮子提梁，把小胳膊，勒出花纹
裤腿卷上，露出脚丫，踩着田埂，惊飞草虫

叫你乳名，喊我外号，推来搡去，亲昵快乐
同风成长，和雨茁壮，呼唤日月，天天向上

我的少年故乡

回溯岁月之河，少年的领地，在心的田畴葱绿而蓬勃
我的东山坡，我的西沙河，我的南垦地，我的北柳林

田垄挽山冈簇着燕山拥着千峰，共云霞月色如诗如画

沟渠衔溪流牵着滦河连着万水, 同雨雪烟岚载歌载舞

杏花唤春, 桃花闹春, 梨花惜春, 春来春去
蝉叫一晌, 蛙声一片, 蛐鸣一夜, 夏起夏落

谷子低首, 玉米挺胸, 高粱羞红, 秋增秋减
雪花静默, 麻雀啾啾, 喜鹊喳喳, 冬悲冬喜

背篓装满, 青草露珠, 篮筐挤着, 野菜暮雨
锄头勤劳, 松土护苗, 镰刀勇敢, 割草收麦

笆子搂起, 草叶柴火, 推车牵来, 新粮蔬菜
陀螺旋转, 夵夵腾跃, 弹弓飞射, 摔跤打仗

老牛沉哞, 小羊轻咩, 公鸡长鸣, 家犬狂吠
我的少年, 我的故乡, 快乐祥和, 结伴而来

娥说: 久哥, 知道了你小时候的状况, 能不能讲讲你家里的事儿? 我可把一切都跟你说了, 不许瞎掰呀! 为你沏一杯温热的酒红色普洱茶, 象征着一杯红酒。也许你会说: 我有故事你有酒吗? 有, 以茶代酒。敬你, 请!

爱一直在歌唱

我曾经是
某公社某大队某生产队的小社员
是某学校某年级某班的红小兵
当过班长和红小兵大队长
每年都是三好学生

我们是八口之家
姥姥爹妈三个姐姐我和弟弟
姥姥是脑袋，爹妈是双肩
大姐是左手，二姐是右手，三姐是胸腔
我是左腿，弟弟是右腿

大姐在大队的供销点上班
挣工分加补贴，家里的大劳力
地位在姥姥和爹妈之间
应该是我敬礼的位置
我常去拿鸡蛋和大姐换本子
大姐用左手接鸡蛋，右手送本子

二姐没有念过书，学会了吃苦耐劳

二姐在家哄我和弟弟，帮妈做饭

二姐左手添柴火，右手拉风箱

三姐上学也干活，是发展中女社员

像妈妈的两个乳房，是蝴蝶也是蜜蜂

三姐左手采桑右手养蚕，漂亮也勤劳

我和弟弟没有战争，步伐和谐

我常给他补习文化，也看他画画

带他到月亮地里的树棵草垛犄角旮旯

和小伙伴们藏猫猫，直到深夜

那时玩得真高兴，睡觉香甜

也常挨饿，可心里快乐如花开

今年春天，妈妈病了，很重

爹含着泪说：我抱着你去医院

我们姐弟流着泪轮流守护，奋力救治

妈没有随落花而去，没有随云飘逝

枯黄的脸庞渐渐红润起来，迎着夏天笑

这是一个家庭，再次相聚

在生死离别的片尾曲中，太阳是主旋律

我们找回当初的自己，月亮依然柔美
姥姥是我们不断重复的梦，关于保佑
手牵手心连心，爱一直在歌唱

娥说：不断地重复，不停地临摹，没有创造。一直在阅读，仿佛忘记了许多。我们选取了周全和细致，是否忽略了大政方针、大刀阔斧、大步前行呢！

峡口·渡口

滦河曾有一个渡口，船客船主船夫叫它峡口
左岸壁立的山崖，印刻着过往行船的历史
右岸婀娜的柳伟岸的杨，讲述顺风与逆水的人生
左岸蜿蜒起伏成百的山村，右岸开疆拓土万亩畦田

峡口讴吟，木船铁船在四季穿梭不舍昼夜两岸
载着春风载着夏雨载着秋月载着冬阳，悠游而来
桨声同蛙声起落，摇橹与鸣蝉合拍
载着酷热载着严寒载着相思载着乡愁，举杯离去
水鸟让船锚停歇，鸿雁使帆影竟过

峡口沧桑，木桥浮桥横卧漩涡浪尖职守来去不问源头

只剩李白孤舟独横韦应物的渡口，却不见柳宗元的蓑笠翁
船主造桥船夫守桥，船客变过客步履维艰或步态轻盈
春风依旧夏雨依旧秋月依旧冬阳依旧，没有了渡口和船
酷热依然严寒依然相思依然乡愁依然，冷漠了河流与水
当年的月月红已回到庭院，喇叭花只在山谷和庄稼里吹唱

峡口沉寂，一座座宏伟的高速桥穿山越水飞舞时空
山崖颓圮，岸上斜立的一块条石依稀刻着峡口渡的字迹
渡船渡桥渡口踪迹皆无，仅条石是峡口的证物和守卫者
它被河水淹没过被月色抚慰过被阳光朗照过被农人歇坐过
我盯视它想象着它，如石头记一样展出许许多多的人生
峡口渡过许多人，但守卫者沉默过去无语未来

娥说：献给母亲和父亲。像一首歌，唱给老爹老妈听。泪水，
是默默流淌的爱。凛冽中，化作了纷纷扬扬的雪花，漫天飞舞着
牵挂与祝愿。

致母亲

1

妈，天很冷了

要下雪了，妈妈

北方的冬天冷得很倔强

燕山的寒风硬得刺骨钻心

赶快取出崭新的羽绒衣吧

还有那保暖又轻巧的冬鞋

别再省着不舍得穿啦

让我爹把炕烧热炉火烧旺

你们的惦念连着我们的孝敬呢

2

你蹒跚在八十四岁的山路上

你不惧听力视力都很糟糕的境况

也不怕腰身佝偻成镰刀锄头

你仰望在蓝莹莹的天下

你拄杖在白皑皑的雪上

你侧耳细听着粮囤里

玉米、谷子和高粱的絮叨

你和身后一串串的红辣椒

都成了无畏而耀眼的美丽

3

在你八十四岁生日的烛光里

我们用歌声祝福你

我爹却有了几分忧愁

你看懂了我爹的心事

暗示我来说破谜底

我举杯庆祝举例说明

孔子活七十三岁孟子活八十四岁

这讲的是圣人的寿命

妈是母亲是百姓命大着呢

4

八十四个春秋里

你始终爱着咱们的村庄

执拗地守望长城的花草

月亮知道你没走出滦河滩

八十四个冬夏中

你十八岁就出阁了

从村西头住到村东头

心疼着我爹养育着我们

陪伴着我爹牵挂着我们

5

我和弟弟小的时候

不离你的前胸后背

前胸是河滋润我们成长

后背如山磨砺我们成材

那时咱们家里很穷

可过新年的时候

你将三个姐姐绣成了花朵

把我和弟弟打扮成春天的小树

你的心里供奉着菩萨和爱

6

长大后我们离你远了

枣树和香椿树与你做伴

山楂树柿子树感恩你的辛劳

白杨树同风漫卷你的坚强

槐花香共雨浸透你的思念

垂杨柳和你共同承担着

对我们的送别和等候

你最大的安慰是我们安好

和我爹一起春种秋收

7

你依然跟过去一样喜欢剪纸

大公鸡红鲤鱼梅兰竹菊

跃然于窗上且鲜活欲出

我们从你剪出的人物中

知道了三国和水浒的故事

记住了贾宝玉和林黛玉的爱情

懂得了唐僧师徒取经困难重重

还有惟妙惟肖的窗冰花

你说那是美丽的童话世界

8

你八十岁那年春节

送给我们每人一份厚礼

黑色条绒面银色纳底的新棉鞋

我们看到你满是裂口粗糙的双手

看到你满心喜悦在满脸皱纹里溢出

我们强忍住疼爱交加的泪水

你还做了那么多漂亮的鞋垫

绣着牡丹花水仙花百合花

你悄悄地把莲花垫放在我们脚下

9

妈，天冷了

你和我爹一定要多保重，妈妈

你的身板曾跟山一样硬朗

为我们遮风挡雨采星摘月

你的心里装着红彤彤的太阳

温暖燃起我们的激情与梦想

光芒照亮我们的信念和前程

我们躬身感恩你们的慈爱

和山一样重太阳一样红

娥说：我喜欢下雪，看雪花静静飘舞的样子。我常常并起双手去接雪花，落在手心里的雪花轻盈得没有感觉，比蝉翼还薄，比羽缎还柔，精美的六角形，片片不同，每一片都是纯净的笑脸。小时候，总爱堆雪人，有时也将雪攥成一个疙瘩，一点点地啃着吃，脸上的表情笑得让妈妈疼爱又嗔怪。

雪　花

高天凝结巨大的叹息被凛冽粉碎

大地企望滔滔的爱意飞舞的相思

爷爷端起酒盅笑眯眯的纷纷醉意

奶奶烟袋锅袅袅萦绕的缕缕希冀

父亲将旖旎的春光裹进白色冬衣
母亲唱着冬天里最美的浪漫歌曲

娥说：腊月里，过年的气息越来越浓，突然想起了一个酒厂
的景观。那是晚秋相识的，一只雕塑的个头很大的爵，正喷着水，
热情洋溢，奔放而豪迈。过年了，酒要走千家过万户，暖暖心窝，
温温心情，烫烫心事，最后，将酸甜苦辣一笑而饮。酒里也沉浮
着泪滴。

一只斟满酒的爵

那个苗条的女子在笑
在轻柔的晚风中，像栗花一样谈笑
肤色比黧黑浅浅，云遮月的色调
脸颊上的玫瑰红与酡红各领风致
她望着月亮的眼神，柔媚如故乡、如水如烟
仿佛在等待着一只小舟，去兮或归来
她看我呢，羞涩在朦胧中跳动成星火
如同一只斟满酒的爵，待饮、欲舞

我和她，并列或成行，对酒有同盟的态势
于她犹如道家弟子高擎《道德经》，膜拜老子

对我恰似儒家学子推崇四书五经，敬仰圣人

而我们却在佛经中执杯寻醉、起早贪黑

春天来了，绿了草，红了花

墙外的红杏不解桃花的依旧

燕子呢喃戏水，悦了梨花的容，动了杨花的情

挺拔的与柔婉的相依　春风是媒妁又像母亲

在夏季，绿了放牧的山冈，红了落水的云霞

蜜蜂采集的湖光山色，在知了声中荡动

蝴蝶牵动的云蒸霞蔚，在雨后的蛙声翩舞

常常在暮雨黄昏中说儒讲道，最终迷失自己

秋天又来了，绿了池塘水，红了枫林叶

月亮缺了圆了，苍白的寒霜取代柔亮的露珠登场

在杲阳的唱和下，端庄了谷穗和高粱的韵致

叶子和果实都有各自的归属，那份忧愁总抵不过蝉鸣的惆怅

已在冬季，绿了麦田、红了炉火

最凛冽的风中，麻雀在柴草旁暖暖地欢叫

鸽子在红瓦顶享有着艳阳的恩泽，传语吉祥

山川感叹，燕山雪花大如席是何等的壮观啊

月亮升起的夜晚，我们对酌

那个苗条的女子，始终沉默着

月亮在她的杯里寂寂地行走

我循循善诱，风情与风雅兼行

月亮啊，在我的杯里时隐时现

而此时，四季也在心间流过

我无法确定那个苗条的女子是否出现过

怀疑那只斟满酒的爵被我端起过

也不相信月亮落在酒杯里行走泛起的相思

我是否走过春夏秋冬，是否醉过和爱过

我不确定、怀疑、不相信

娥说：好！我的久哥，已过六九，农家谚语说春打六九头，我们就高声唱唱《数九歌》：一九二九不出手，三九四九冰上走，五九六九沿河看柳，七九河开，八九燕来，九九加一九，耕牛遍地走。等待春风吹拂，杏花、桃花、梨花，将会怒放斑斓。数不尽、看不完的花儿，姹紫嫣红，盛开在绚丽柔媚的春光里。

等待春风吹拂

当你的微笑

澄澈于春潭明丽于秋波

我在看天边的云

及远山和你

杏花喊着桃花叫着梨花

玉兰挽着樱花尽情地采撷着春晖

等你的歌咏我的感叹

让爱情在山花烂漫中起舞

当你的哭泣

湿润了夏日黄昏惊起了蛙声蝉鸣

我在念《纳兰词》读《雨巷》朗诵《致橡树》

摘牵牛花给你拭泪

木槿花与蔷薇花艳丽于和风细雨

荷花安心于鱼儿戏起的涟漪

花朵接纳了雨水的魂魄

收藏了太阳的精血

月亮总能眷顾我的痴心

将花的神情收集起来

展现在我的眷念和梦里

月光沸腾着清幽与清香

解了你的孤寂散了我的惆怅

当你的相思

蹀躞在落叶飘零北雁南飞时

我走出了自己虚构的情节

走向你去拥抱阳光

玉米和高粱都跳进了谷仓

地域广阔天高云淡

你我举着红酒痴痴地面对

一杯朝霞迎着一杯晚霞

当你的爱意

徘徊在朔风怒吼和红泥火炉间

我邀来燕山的雪花

开始一场神圣的宣誓

滦河以晶莹的姿态

若隐若现在洁白的田野上

只听到凛冽在空旷中呐喊

一颗心却深藏着你的四季

包容着你的微笑你的哭泣

你的相思你的爱意

和着那誓言挽着你

等待春风吹拂着新绿

层层叠叠生意盎然地尽染你

娥说：又一年的春天来了，柳树早早地绽出新芽。喜欢柳的百媚千娇万点柔顺条条温润的性情，更敬重其生命的坚韧和凛凛不屈的品格。恰如我们的挚爱，又增了一道新的年轮。

说　柳

从庭院摇到田园，一棵柳独舞，一片柳合唱
从村落荡到河畔，街柳绿绿莹莹，岸柳莺莺燕燕
从路边绿到山峦，白絮环紫蝶纷飞，绿浪绕黄蜂翻腾

渭城柳劝慰宫墙柳，惜春也惜别，错错又难难
黄鹂柳唤起月亮柳，翠翠且盈盈，伤情还伤感
丝绦柳扮成堆烟柳，飞瀑流碧玉，乱红别泪眼
长亭柳牵着灞桥柳，细柳细细留，送别逢缱绻
蝉嘶柳喊着章台柳，深秋深深愁，悱恻遇缠绵

腊月柳隐去姿容，迎风傲雪，是母亲的素面，抱朴守简
正月柳渐露喜色，润泽血脉，是父亲的肌肤，心潮眈眈

柳是春的使者，引来燕子呢喃，与小草执青绿，添杏花的柔婉
柳展夏的畅想，聆听鸣蝉感言，偶与蜂蝶倾谈，梳理风雨云烟

柳为秋的思念，枝叶温婉顾盼，遥想云天高远，传递月光之恋
柳成冬的守望，缕缕笑意谦谦，迎来初冬香雪，送去梅花初绽

菩萨手持柳枝，慈悲人间冷暖，满眼绿柳飘飘，心生善念涟涟
柳是热土家乡，柳是爹娘山川，柳是聚散牵牵，柳是欢喜安安

久说：旧一年结束，新一年开始。浪漫的长天有日月交替，云蒸霞蔚。现实的大地，有山川相环，柳绿花红。

娥说：我们在日月山川间，春花秋月，夏风冬雪，总要陪伴生活中的苦辣酸甜。

久说：新春伊始，百花争艳，气象万千，欣欣向荣。

娥说：草碧、水澄、莺歌、燕舞。

久说：月上柳梢头，是浪漫的相约圣境。

娥说：人约黄昏后，是经典的爱情宣言。

久说：翠柳长出的新枝嫩叶，正摇着娥眉月盈盈起舞。

娥说：我们坐在河岸边，看柳之婀娜，月之妩媚。

久说：柳月相依，我们相偎。

娥说：水中的柳和月在笑我们呢。

久说：娥眉月，温婉如玉。

娥说：在我心里，灿若红霞。